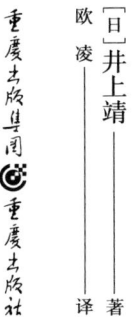

井上靖 文集

千利休：
本觉坊遗文

[日] 井上靖 著
欧凌 译

重庆出版集团
重庆出版社

HONKAKUBO IBUN
by INOUE Yasushi
Copyright © 1981 by The Heirs of INOUE Yasushi
All rights reserved.
Originally published in Japan.
Chinese (in simplified character only) translation rights arranged with
The Heirs of INOUE Yasushi, Japan
through THE SAKAI AGENCY and BEIJING KAREKA CONSULTATION CENTER.
Simplified Chinese translation copyright © 2020 by Chongqing Publishing House Co., Ltd.
All rights reserved.

版贸核渝字（2020）第067号

图书在版编目（CIP）数据

千利休：本觉坊遗文 /（日）井上靖著；欧凌译 . —重庆：重庆出版社，2021.1
　ISBN 978-7-229-15206-2

　Ⅰ . ①千… 　Ⅱ . ①井… 　②欧… 　Ⅲ . ①长篇小说—日本—现代　Ⅳ . ① I313.45

中国版本图书馆 CIP 数据核字（2020）第 147263 号

千利休：本觉坊遗文
QIANLIXIU：BENJUEFANG YIWEN

[日] 井上靖　著　欧凌　译
责任编辑：魏雯　许宁
装帧设计：谢颖设计工作室
责任校对：谭荷芳

重庆出版集团 出版
重庆出版社

重庆市南岸区南滨路162号1幢　邮政编码：400061　http://www.cqph.com
重庆出版社艺术设计有限公司 制版
成都国图广告印务有限公司 印刷
重庆出版集团图书发行有限公司 发行
E-mail:fxchu@cqph.com　邮购电话：023-61520646
全国新华书店经销

开本：850mm×1168mm　1/32　印张：6.5　字数：116千
2021年1月第1版　2021年1月第1次印刷
ISBN：978-7-229-15206-2
定价：59.80元

如有印装问题，请向本集团图书发行有限公司调换：023-61520678

版权所有　侵权必究

目录 / Contents

- *001* 本觉坊遗文
- *002* 第一章
- *031* 第二章
- *067* 第三章
- *094* 第四章
- *124* 第五章
- *151* 终章
- *180* 译后记
- *185* 附录　井上靖年谱

本觉坊遗文

现在我的手头有一部生于庆长、元和时代的茶人手记。较之"茶人"的称谓,或许"茶汤者"这一叫法更为贴切。

这部手记共计五帖,每帖均由和纸二十张左右线装而成。纸上缀满小字,或独白,或日记,或笔记,要说杂乱也的确杂乱,总之,写法颇为自在。

千利休的众弟子中有一位是三井寺的本觉坊。而种种迹象都不难判断出手记作者应当就是他。

因其尘封高阁数百年,久不为人知,实在可惜。如今我将其整理改订,增添部分篇幅,并贯通全篇加以考证说明,遂写就了一篇现代风的手记,以飨读者。

原手记没有标题,且假定为《本觉坊遗文》。

第一章

"三井寺的——三井寺的……"

脊背后传来呼叫声时,我假装没听见,仍自顾自继续昂步向前。虽然呼叫声里有我"三井寺"的称谓,但可惜关键的名字并未被提及。所以我并未驻足,还加快了脚步。

然而呼叫声却再度响起。

"三井寺的——"

我惊诧于对方年事已高,却依然步伐矫健,顷刻就追上了我。

而后就听对方问道:"您是三井寺的本觉坊吧?您是本觉坊先生吧?"

声音都听得这么真切了,若还不驻足,不免显得太过无礼。所以便有了之后这六年再会的一幕。

真是好久不见哪!对方笑说自己如今都八十三岁了。可他怎么都让人看不出如此高龄的样子来,其声音与容貌仍与先师利休在世时所见的一模一样,绝对就是不折不扣的东阳坊①先生。

"去鄙舍小坐片刻如何?"

此言的诱惑力竟如此之强,让人无法抵抗。

真如堂的红叶,也是多年未见了。于是我们两人迤迤然穿过山门,不久眼前便是一片灿然,让人心旷神怡。

入座茶室还是午后未时。然而不经意间,却发觉庭中植物与水石钵竟已然罩入了夜幕之中。时光如过隙骐骥,愉快,实在愉快!这半日竟是如此让人心满意足。

壁上有尊圆法亲王②的南无阿弥陀佛六字挂轴,面前摆放着伊势天目茶碗,身旁还有茶室主人颇为中意的茶炉,说是此炉总有松籁之音传出,久久不绝于耳。

这间茶室正是以闲寂茶而闻名的东阳坊先生的茶室。先师利休在世时,我曾陪同先师造访过一次,而此刻与当时全然一样,并无任何改变。

能在此处闲坐,啜一杯先生亲点的茶,简直如若梦里。

更何况此后东阳坊先生还拿出先师利休所赠的今烧茶碗来观瞻,不禁让人感觉仿佛先师就端坐身前一般,实在有幸之至。

---

① 东阳坊长盛:安土、桃山时代的天台宗僧人、茶人,京都真如堂东阳坊住持,号宗珍。曾师从千利休修习茶道。

② 尊圆法亲王(1298—1356):伏见天皇的第六皇子。1311年入法门,改名尊圆,就任青莲院住持。

不承想多年过后，还能再次将这只瓷薄而肚宽的黑釉美品置于掌上。这只黑茶碗与我也多少有些缘分，其创作者长次郎，已于先师利休两年前离世，看其如今成为东阳坊先生所持之物，实在欣喜。

夜已深。

自从离开先生隐居的茶室，回到修学院的居所后，我的思绪里一直不停地在反刍着今日这一场偶遇。

茶间的那些问与答，有些当说未说的，有些当问未问的。还有些当时随口说出口的答语，到底该不该那样作答，又为何竟那样作答。

种种优柔思绪，一时间纷至沓来。

今日得幸在那间茶室，能与先师利休生前的亲交好友同席而坐，心底里的平静安宁不由得被那股昂然之情扰乱了。

"您还如此年轻，为何要选择隐居？您既入茶之道，却不以茶立身，一无所得也无所谓么？"东阳坊先生这样问道。

诚如所言。

不过我现已年过四旬半，实难再言年轻。

而面对为何要选择隐居一问，我竟无以作答。毕竟并非"先师利休过世以后就金盆洗手退出茶界了"这种任谁听来都感觉理所当然的理由。

我生来愚钝，在茶事上还未有追随先师而去的思想准备和觉悟。

我是在三井寺的分寺长大的。

三十一岁时有缘跟随利休师并服侍于左右，之后就一直做着一些茶汤的幕后工作，并有幸时常在先师身旁聆听茶训。

然四十岁时先师就被赐死，而我终究无法自称修习过茶之道，更无法自诩为茶人或茶汤者，各种正规茶事也很少露面。

不过因我曾服侍先师左右，做过许多茶事的帮衬，许多茶界舞台的璀璨之星们也会亲切待我，尊我一声"本觉坊"，或者"三井寺的本觉坊"，所以我偶尔也会受邀参与某些茶事。

这样一个庸碌无奇的我，在先师晚年，竟曾有一次成了先师的唯一茶客。

那时的光景终生难忘。每逢忆及，都依然历历在目、如画如刻，丝毫不曾随着时光有些许淡化。

天正十八年[①]九月二十三日清晨，于聚乐第[②]府邸的四

[①]天正十八年：即西历1590年。这年丰臣秀吉结束战国的纷争时代，统一了日本。

[②]聚乐第：丰臣秀吉1586年在京都建成的一处府邸，以绚烂豪华著称，八年后被毁。

叠半①茶室里。正好是先师被赐死半年前的事。

古备前陶瓷花瓶与秋季的野花。

口小肚大的茶叶罐。

三岛茶碗、四方釜、化物水罐的茶具组合。

另外作为款待，还有米饭一碗、碎牛蒡的一菜一汤。

点心有麦麸卷与烤栗子。

现在想来，那就是先师特意为我准备的一次纪念性茶事。作为茶室唯一的客人，寡言少语之中，我心无涟漪地喝下了师尊所点的一盏茶。

我虽不能夸口说修习过茶道，但茶之道里也有数位知己，所以多少还算是懂些。但自从与茶疏离之后，正如东阳坊先生所言，是一无所得的。

在先师亡故之后，如果我转而投靠先师的门徒，想必是能在茶之道上走得更远些的。而且当时也确实有不少人跟我说愿意拉我一把。

但我却婉拒了他们的好意，在将先师身后事打点完毕之后，就住进了修学院。并非是因为有了其他的安身立命之法才隐遁索居的，只是隐遁之后觉着还不错，能继续过下去。

生活上，有以前关系不错的京都商家的照顾。我偶尔去帮忙鉴定一些器物，或提一些生意上的建议，柴米油盐就有

---

①四叠半：约7.45平方米的正方形，是标准茶室的面积。

了保障。

修学院的陋室,虽算不得茶室,但有一叠半的空间可用于一人独处。

如今我就坐在这一叠半的席位之上,从初更开始就任随思绪的摇曳,与东阳坊先生神交多时。

"您还如此年轻,为何要选择隐居?"

我又听到了东阳坊先生在问。

这个问题午后品茶之时我就想即刻回答,可到如今也没能找到确切的答案。我扪心自问,踌躇良久,却仍然无从作答。

现在,不如怎么想就怎么写好了,至于能否成其为答案,暂且不去考量。

那还得从一个梦说起。先师利休离世二十余日后,我回到了故里近江,第二天凌晨时分做了一个梦。

一条清冷枯寂的沙砾小道绵延伸展着。这是一条少有人迹的小石子路,寸草不生。我从山崎的妙喜庵出来,在这条小路上走了许久。

也不知到底走了多久,忽然我意识到,这莫非就是连接冥界的路?

如若不是,怎会如此清冷彻骨,如此绵长没有尽头?光线明灭幽暗,辨不清究竟是昼是夜。

而后我发现前方遥远处还有一人在踽踽独行。

很快我意识到那是利休师。

噢，原来我是跟随利休师一同走在这寂寞的冥界之路上啊。

若这是冥界之路，倒是讲得通的。但后来我却被告知这不是冥界之路，而是一条通往京都市街的小道。

然后我才想起，原来自己是陪同师尊在前往聚乐第府邸的路上。这鲜有人迹、清冷枯寂的沙砾小道，终将通往繁华的京都。

可为何这样一条酷似冥界之路的小道，会通往繁华的京都呢？

我怎么都想不明白。

这时，利休师停下脚步，缓缓转身望我，仿佛是在确认我是否还能跟上他的步伐。不久后，他又回头望我，眼神关切，竟是在叫我即刻回去。

我马上谨遵盼咐，决定反身回去，同时也觉得还是回去的好。于是对师尊深深一鞠躬，以作离别之礼。

然后我就醒了过来。

我起身端坐半晌，头一直垂着。

梦里我对师尊鞠了一躬，醒来还一直鞠着躬。

恐怖的感觉是醒来之后才生发出来的。

梦中走在冥界之路上，其实并不怎么可怕。那条路并非冥界之路，它通往京都市街，最终指向先师所在聚乐第的府邸。

——那条清冷枯寂的沙砾小道，将贯穿繁华的京都市街，进入富丽堂皇的聚乐第。

当我想到以往没有注意到的这个细节，恐怖在一瞬间便席卷而来，以至于灵魂都被扼住，简直无法呼吸。

那可不是一条我这样的人能轻易涉足的路。

就是因为这个梦，当然这也算不得真正的理由，总之，我终于决定从先师影响深远的茶界隐退。于是自然也疏离了众多与先师生前多有亲交的诸位。

与其见，不如不见。

至今我对他们一直拒而不见，多有失礼之处，但想法一直没变。

今年一月，大德寺的古溪先生去往他界。

古溪先生是引导利休师参禅的得道高僧，也正是替他挑选"利休居士"称号的人。利休师与他可谓一生都因缘相伴，而我也因此多蒙恩泽。

对这位古溪先生，按理我自是应该前往吊唁，并帮衬一些葬礼事宜。然我却为了避免与跟先师利休多有亲交的诸位再次相见，所以终究是做了违心之举。

心痛无以言表。

而且，其他利休门下诸位的各种不幸，葬礼或法事，我也都多有失礼，一并选择了回避。

就这样经历了平平淡淡的岁岁年年，今日却未承想能见到东阳坊先生。而所见之下，竟不由得心潮澎湃，不由得让人感怀万千。

今年是庆长二年①，先师利休自刃后已过了六个年头。

刚才我说从先师影响深远的茶界退隐，指的是离开茶界，而非离开先师。自从隐遁修学院后，反倒觉得离先师更近了。

每日里有数次聆听到先师的声音，而自己也多次发声回应。甚至能看到先师在点茶，一如曾经自由自在、不缓不急的模样。

其间，先师还会谆谆教导，所谓茶就是火与水的相生相克。如若我尚有疑虑开口去问，随后便会有答案。

然而有且只有一个问题，无论怎么询问都得不到答案。

在梦中走过的那条路，那条并非人世间的路，到底是什么路？

此问一出口，是听不到任何回应的。

其实在先师生前，这种情况也发生过。先师认为自己能

---

①庆长二年：西历1597年。

思考弄清的问题，就不要向他人询问。若是不知趣，问了他，他定然会一副听若罔闻的模样，缄口不言。

梦里的那条清冷枯寂而漫长的沙砾小道，大概只有自行思考才是最佳的解答方式吧。

整整六年，这条梦中与先师一同走过的小路一直挂在心间。

我知道那是一条我等小人物不可轻易涉足的艰难险阻之路，可却弄不明白这清冷枯寂之路到底是什么。梦里先师让我回去，继而我就依言原路返回的那条路，到底是什么？

梦中的那条路上，除了先师以外，还有另外一位也在踽踽独行。

可无论把谁放到那条路上去，都感觉生硬，感觉格格不入。

而先师却好似一直在那条路上走了很久很久，他默默前行的身影已经融入了那条沙砾路，融入了那片清冷枯寂之中。

说句失礼的话，那也应该不是东阳坊先生所走的路。

那并非一条在现世里铺好的冥界之路。可先师却走了上去。他为何要在那样一条路上独自前行呢？

先师生前曾说，茶道的尽头是一种枯涸、僵冷的境地，可那条路给人的印象却并非枯涸僵冷，而是更为凄切、孤寂与严苛。

这样思来想去,我总会忘记时间,思绪的缰绳怎么拽也拽不回来。

这个梦,就暂且说到这里吧。

"大德寺的古溪和尚过世是在年底,还是在年后?"东阳坊先生曾这样询问。

"正月十五左右吧。"我回答。

"老夫近来记忆力越来越差,连这种大事都记不住,实在汗颜哪!"他接着说了下去,"古溪和尚在利休先生他界之后,活了有六年吧。连这位古溪和尚都撒手而去了。

"无论怎样,他的死,宣告了一个时代的终结。他们二位,引领着一个时代的两端,而这个时代,终究是结束了。"

东阳坊先生一时间感慨万千。

而诚如所言,一个时代真的是终结了。这连我都能隐隐约约感受得到。古溪和尚无疑是一位大师。

随后东阳坊先生又接着说道:"乱世之茶也终结了。"

语气也一样颇为感慨。

"乱世之茶?"我不解,应了一句。

"难道不是吗?进了茶室就喝一杯,出了茶室就奔赴沙场。然后冲杀在沙场之中,一定要争个你死我活。这样的时代,总算是终结了。

"代替利休先生的,是织部①大人。或许现在已经是织部大人的时代了。茶的样子也会变。原本希望能保持寂茶的样子,可大抵希望是会落空的。"

"可东阳坊先生您还在啊。"我道。

"听你能这么说老夫很欣慰。不过,就怕老夫已来日不多了。这事不提也罢。

"利休先生的茶,可真是好茶啊。作为茶人,没有人有他那样的领悟。作为人,他也无疑是堪称典范。他的茶里有生命生成。

"很多人都叫茶人,但胆敢跟千宗易平起平坐的,怕是没有。他就是那么卓绝。太过卓绝了,以至于性命不保。

"说到被赐死的原因,巷里坊间有很多种说法,但最终的缘由,难道不是利休先生自身所招致的吗?"

说罢,东阳坊先生望向我,像是寻求赞同。

我却一直沉默着。

"难道不是吗?是他的个性招致了灾难。去年有传闻说,因为他高价贩卖茶具,中饱私囊,所以才被赐死的。

"或许确实是有高价出售的事实。但他的那些茶具如果

---

①织部:即古田织部,战国至江户初期的武将、大名、茶人。茶道师从千利休,"利休七哲"之一。是茶道的集大成者。

不高价出售，世间的有相无相、尤物孬物，不就没了辨别的手段了吗？用价格来辨别是最直观的。

"利休先生的茶具，是他一件件亲自挑选收集而来的。被他看中的东西，无一例外全是极佳之品。只要放在茶席上一观便知。他可是有一双天下一等一的鹰眼啊。

"由他亲自挑选出来的那些佳品，要拿来跟大明的舶来品一争高下，也只有价格这一种手段。所以高价理所当然啊！那些长次郎的茶碗等等，也才有了登大雅之堂的可能啊。

"还有一种传闻，说他是被谗言陷害。这大概也是事实吧。会谗言的小人多的是，而天下唯小人难养也。被小人的阴谋伎俩所陷害，也是极有可能的。

"他的个性，容不得半分妥协，周围的敌人肯定数不胜数。对了，还有一个事件，是什么来着？"

我接口道："是大德寺的山门事件吗？"

"哦，那个啊，巷里坊间相关的传闻多的是，怕是连利休先生自己听来都莫名其妙。古溪和尚大概也是不知的。那个事件应该是大德寺的某人犯下的愚蠢过失吧。利休先生、古溪和尚他们才不会那么笨呢。

"老夫敢保证，利休先生除了茶室，其他地方是不会去坐的，更别说寺庙的山门了。怎么可能去那儿又是站又是坐的，那位'闲寂雅常驻'的利休先生？！

"——老夫还是打住话题的好,最近总是怒火太旺,不好不好。怒火太旺容易翻船,一翻船老夫就只好跟这个世界作别了。"

还真的是要把船掀翻的一股冲天怒火!

不过就我而言,听来却倍感舒畅。

先师利休的赐死事件,总不时会有坊间流言传入耳中,而每每都让我感觉无可救药的恼火。东阳坊先生能这样仗义为利休师辩护,实在让人心情愉悦。

不过他最后几句之中有几个词好像是我平素未曾听到过的。

于是便询问了一下:"刚才您说闲寂……闲寂什么来着?"

"哦,'闲寂雅常驻'。这话是利休先生所赠。世人只当老夫是两袖清风的怪人,除了尊圆法亲王的书轴、伊势天目茶碗以外什么宝贝都没有。他们怎知老夫的其他宝贝?

"长次郎的今烧茶碗,刚才给你看过吧?另外还有利休先生所赠的一只京都毛底筒茶釜,你若是也想看,我即刻就去取来。大概那也是你以前经常见到的器物吧。

"利休先生所赠之中,这两件是有形之宝。还有一件是无形之宝,就是'闲寂雅常驻'这句话。

"在他离世前一年,老夫曾向他讨教茶汤的秘密。那时利休先生回答说，所谓茶的秘密之类都是妄言，如果一定要找出所谓秘密来，就只能用'闲寂雅常驻，茶汤亦关键'来代替。

"他说他在前些年就写下这十个字，书面赠予了执着于茶汤的朋友。"

那尊筒茶釜，是先师特别钟爱的一尊茶釜，我也曾见过多次。但"闲寂雅常驻"这几个字还是第一次听到。

东阳坊先生继续说了下去："所谓'闲寂雅常驻'，就是说茶之心无时不在，无论睡着还是醒着，都不能离了茶之心。'茶汤亦关键'，是说茶之汤也很要紧。这是我的理解。

"把茶点好，还不算太难，但要做到闲寂雅常驻，就难了，或者说极难也不为过。利休先生总在修行中，而且无时无刻不在修行，从未离了茶之心。直到最后自刃的那一刻，大概一直都没离开过吧。"

随后东阳坊先生停顿片刻，语调变得多少有些炽烈。

"就这样一位佳士，怎么可能会因为贪恋私利而贩卖茶具？就这样一位佳士，怎么可能会想在寺庙山门去塑一个自己的雕像？——还是换个话题吧，老夫又气上头了。"

先师利休竟还有这样一位敢于为自己撑腰的知己，我的激动之情简直溢于言表。今天能偶遇这位东阳坊先生，无论是替先师还是替自己，我真的感到极其欣慰！

这番思量横亘于心，以至于让我哽咽，无法再度言语，只能垂首掩饰着即将滴落的泪水。

"不如换一换心情，让我尝尝本觉坊先生您点的茶如何？"

待东阳坊先生的这番话传入耳中，我鞠了一礼，便静静离座而去。

点一大盏茶，传杯而饮，听说是始于东阳坊先生。先师利休也是从他那里学过来的。不知东阳坊先生自己是否知道，曾有一时，我们都把点大盏茶的方式称作"东阳式"。

我想起这一节，于是就点了一大盏递到东阳坊先生手里。随后他又把茶碗递回我的手中。

饮茶之后心情确有变化。虽然立场、年纪不同，但我们交谈的话题不知什么时候开始变得广泛与深入，酿成了利休门下二人之间互通的一种亲密与融洽。

"利休先生的茶碗小巧，茶勺也纤细。老夫觉得是他个子大的缘故。虽不曾直接询问过，但老夫以为这个理由是差不离的。大概他是经过一番思虑才定下来的。

"茶碗用小的，那茶勺自然也就纤细了。而茶碗的大小，是用榻榻米的条纹来量的。"东阳坊先生这样说道。

原来如此，我也觉得的确是这样。不过我是今天才这样认为的。以前看到先师总是用小茶碗和纤茶勺，也并不曾多想为什么。

"无论怎样，他点的茶都是一等一的好茶。自由、奔放，全然没有任何小器之处。单单只看着他点，心就安稳了，就清静下来了。正所谓缓急自在，如行云流水。其他人大抵是做不到的。简直可用浑然天成这个词，虽然是经他的手点出来的。"

东阳坊先生随后又道："利休先生的茶，是不用刀枪可以决胜负的。倒不是说不用刀枪，就得用修养。即便不用修养也是可以决胜负的。归根结底，就是赤裸裸的人性的胜与负。"

东阳坊这番话，又让我想起了一些事。

利休师的茶，应该就是那样一种茶，毫无疑问。

"怎知这样一代宗师，灾祸却与之相向而行。"

听到这句，我不由得开口道："可是，先师对人，该用敬语时绝不含糊；对事，也是遵礼守法，从未有差池。他一直是毫无过失的。"

而后东阳坊先生回应道："他当然毫无过失。只要对方是大名，无论官大官小，他都是以大名之礼待之。更何况太阁殿下！

"太阁殿下的茶，他每步都一定是经过深思熟虑的。而且一定是尊卑有序，是在给太阁殿下点过茶以后，才会轮到门下的其他人等。在给太阁殿下点茶之前，哪怕一个茶碗、一根茶勺都是不会随意乱动的。"

接着他思量了一番后又说："就那样还把太阁殿下给惹恼了。不，应该这样说，正因为那样才把太阁殿下给惹恼了。"

于是，话题就这样自然地转入谁都不愿提及的，而且谁都无法触及的那个问题上。

无论是东阳坊先生，还是我，都想窥探一下那些巷里坊间的各色传闻，以及更深暗处涌动着的一些东西，还有那股把先师利休卷走的暗潮。

我们都想能从中找出能说服自己的东西，于是不免就此话题絮叨起来。

"对此，你可曾有什么疑虑之处？"东阳坊先生问道。

"称得上疑虑的倒是没有。不过之后我思来想去，在那事件发生前几日，先师好像的确是行动与平素稍有不同。比如匆匆忙忙去拜访大德寺的古溪和尚，眼见着总算从大德寺回来了，随后又匆匆忙忙带着书信再次拜访古溪和尚。这些细节，如果仔细推敲起来，的确显得略有异常。

"我记得那之后，先师还频繁地写信给细川三斋①大人。

---

①细川三斋：安土桃山至江户初期的大名、茶人，茶道师从千利休，是"利休七哲"之一。

如果这些跟那个事件相关,至少古溪和尚、细川大人两位,就事件的起因、发展,想是多少知道一些个中理由。当然,这也仅仅是我个人的猜测罢了。"

我说了一大段,东阳坊先生听后道:"可惜古溪和尚已经亡故。而依细川三斋大人的脾气,只要是跟利休先生相关的,怕是片言只句都不肯透露的吧。不过,倒还有一人,兴许是知晓事件始终的。古田织部大人。"

他说罢,沉思半响,又道:"那到底是怎样的一个事件,我一直都不清楚。只有一点可以肯定。利休先生接到流放的命令,随后就去了堺市。至少在那个时候,他是认为去了堺市以后,只要谨言慎行,上面的怒火就能消散,他就还能再次回到京都。

"最近我听说,那天三斋大人、织部大人二人,曾一起送利休先生到淀川的渡口。告知我这事的那位,赞口说真不愧是三斋、织部两位大人。的确应该称道。送行这事,不是谁都可以做得到的。

"不过我还是觉得,这二位也一定是认为利休先生有朝一日是可以再度返回京都,才相送至淀川渡口的。要知道,故意冒着触怒太阁殿下的危险,去替一位向死者送行,问这世间有谁能做到?难道不是?

"这样看来,至少在那时,利休先生的死,还是未知的。

那是他到了堺市之后，才被下的旨意。"

听过这一番分析，我不由得羡慕起那二位来。

先师踏入堺市一去不复返，他们还能最后送先师一程，直至淀川渡口。我如若能去送行，也肯定是会去的。

确如东阳坊先生所言，正因为他们认为先师利休可以再度返回京都，才能去送先师一程的。那在送行的路上，二位一定是在鼓励、开导去往堺市的先师，让他多忍耐，多担待一些。而先师对二位的尽心尽力，该有多欣慰啊。

然而，无论那时的三斋、织部二位心绪如何，如今看来，都是与先师诀别的一幕了。三斋、织部二位所见的，是先师的最后一面。

东阳坊先生停下话语后，我眼前仿佛出现了先师的身影，正坐在去往堺市的船中。我没能去送行，但如若去了，见到的一定就是现在眼前出现的这个先师的身影。

虽然不清楚三斋、织部二位是怎样的表情，但坐于船中的先师，一定是目送着二位的身影，渐行渐远。

此刻先师在船里是怎样一番心境呢？他们二位武将，定然是想着不久的将来，还可以跟先师再会。可先师那会儿的心境，怕是大有不同。

我隐隐觉得，默默独坐于船中的先师，在那时就早已将自己的命运看穿。

于是我把自己的这番想法，如实地告知了东阳坊先生。结果遭到了他的否定。

"那怎么可能？利休先生肯定是认为能够再度回到京都，才顺从地前往堺市的。那样一位大师，怎么会犯糊涂自行去送死呢？

"看到三斋、织部二位能来送自己，他定然是认为太阁殿下的怒火终究会消下去，不久的将来自己终究是能回来的。不然还能怎么解释？说不定太阁殿下因何而怒，有几分怒，这些他都了然于胸。

"而且三斋、织部二人前往送行，还说不定就是太阁殿下自己的旨意。殿下一道命令就把利休先生流放到堺市去了，但自己心里还是过意不去的，所以让他们二位前去送行，略表歉意，也是说得通的。

"这些细枝末节，旁人虽然不清楚，但利休先生自己怎么会不清楚？可怎奈事件的走向却背道而驰。利休先生终究是一去不复返，终究是踏上了去往堺市赴死的行程。

"虽然不明白个中理由，但事态变糟，一定是之后才发生的。是在利休先生到达堺市以后才发生的。话说回来，看到二位武将弟子前来送行，那时利休先生的心绪，一定不是急迫不安的。"

听完东阳坊先生这番表述，我眼前那张先师利休的脸仍然未变，依旧是一副预见到了二十几日后将要发生的事，却依然踏上征程的决绝的神情。

正是东阳坊先生话语中表露的难以明言的某种悚然之感，让我坚定了自己的看法。

难道不是吗？

一方是有着生杀予夺之权的太阁殿下；一方是或者领旨前来，或者自发前来送行至淀川渡口的三斋、织部二位；一方是端坐于驶往堺市的船中，望向二位弟子渐行渐远的利休师。

无论三斋、织部他们两位作何想法，所有的一切都是太阁殿下的一念之差。而太阁殿下的心思，天下再无第二人知晓。

事态的演变，全凭那一念之差！

谁知先师利休足下的那方土，究竟有多不牢靠？！

我的看法跟东阳坊先生相左，于是便没再回应。

那时的先师利休，定然是看穿了自己将要离世的命运，才如此那般沉默地端坐于船中。我甚至猜测，先师就是为了有那么一天，才把自己一生都赌在了茶上。

这个判断对与否，我不清楚，但确实是生前服侍先师左右、身后也每日供奉先师的我本人——三井寺的本觉坊，对六年前淀川渡口发生的那不可思议的一幕，所持的见解与解释。

还有一件事我也未曾跟东阳坊先生提及。

饮茶时在我眼前出现的那张在淀川渡口端坐船中的先师面容,并非是我第一次见。此前,我还见过一次,完全相同的面容。

那是天正十六年①九月,利休师有一次在聚乐府邸的那间四叠半大小的茶室里,招待大德寺的春屋和尚。对了,是九月四日晨的茶事。

客人除了春屋和尚,还有另外两位众所周知的大德寺高僧,古溪、玉甫和尚。

因不久后古溪和尚就要被流放至九州,所以利休师就行了茶事来替他饯行。古溪和尚因何触怒太阁殿下,我等虽然不会被确切告知,但曾听闻在修建天正寺的时候,是他跟石田三成②起了冲突,才酿出了事端。

无论怎样,那次茶事,是为一个触怒太阁殿下而被流放西部的客人所开设的。为了避免引人侧目,整个过程都极为隐秘,一直在暗中。

大概东阳坊先生也并不知情。

---

①天正十六年:即1588年。
②石田三成:安土桃山时代的武将、大名,丰臣秀吉(即太阁)的家臣。

茶室的样子众所周知。朝东的四叠半空间，北墙有一个细格竹窗，东面的躏口①上方，也有一大一小两扇窗。

这是一次早间茶事。窗口有莹弱的朝霞柔光若隐若现，极为美丽。

师尊开始用台棚、天目茶碗点茶。

台棚点茶的方式，师尊并不常用。这次大概因为客人是大德寺高僧，于是便依循了这种大德寺的寻常点茶方式。

壁上有虚堂②的七言绝句。台棚内有乳色足风炉与霰釜、铸文水罐、金属勺筒、金属积水罐、五脚置盖台。台棚上有天目茶碗、方托盘，还有一个装在袋子里的胖茶叶罐。

本次茶事中，我坐于末席，相助于利休师。

而我能如此荣幸得到这个差事，也是因为茶事始终都极其隐秘。

后来这次茶事的记录也是我写的，如今还在我手头留着。

先师的点茶过程、台棚的模样，都尽可能详细地描绘了下来，现在已经成为我的一份无可替代的珍宝。

壁上虚堂的书轴，是太阁殿下——那时应该还是关白大

---

①躏口：也称为"潜"，是起源于千利休的一种茶客入口，宽与高均为六十公分左右，十分狭小。茶客从躏口进入，就能舍弃世俗，再度回归无垢。

②虚堂：即虚堂智愚，南宋时期的高僧、大灯国师。对日本禅宗、茶道影响很深。

人——因为需要重新装裱，才暂时寄存在这里的。

虚堂是南宋首屈一指的禅师，对大德寺来说，可谓远祖先人，自然是倍受崇敬的。就这层关系来说，在这次早间茶事上，也找不出比虚堂的书轴更为应景的了。更何况这七言绝句的内容，简直像是专为此行所写的一般。

——树叶儿从枝头缓缓落下，晚秋之气清冷凛冽，一位有学有德之士正从禅堂出来。他将要远行，去那东南西北人烟稀少之地，但愿能早日归来。

古溪也是即将远行之人，要去的也是远离繁华的西部。这诗写的不正是在座诸位送行之人的心情么？

替一位受人尊敬的卓绝高僧送行，这宗隐秘的茶事做到了和煦、严穆、静寂而华美。亭主与茶客之心，心心相印。

茶事结束，送大德寺的诸位回程是什么时候来着？

记得回房收拾茶具时，师尊还坐在点茶位上。

我匆匆忙把虚堂的书轴从壁上取下，正待卷起，师尊却开口吩咐：

"暂时，就挂那儿吧。"

于是我又依言重新挂上。师尊大概自有安排吧。

那日傍晚，我好像为了某事得去一趟茶室，但在门口却停下了脚步。室内似乎还有人在。

天色已晚，余晖将尽，可点灯还嫌尚早。我往室内窥探了一下，利休师还跟早间一样，坐在点茶位上。

"啊，是本觉坊吧？"过了半晌，师尊这样问了一句。

我一直在外面守着，师尊双手置于膝上，挺胸正坐。脸侧着，下颌微抬。平素师尊在想事情或者沉思时，就是这样一副姿势和神情。

直到师尊开口叫我，我都一直在门外坐着，长时间地凝望着师尊的面孔。

师尊脸上虽然并没有任何特殊的表情，可那种冷冽与清绝，容不得他人去打扰。他到底在思考些什么呢？抑或到底是什么抓住了他的思虑？相信任何所见之人都一定禁不住会这样询问。

"把壁上的卷轴收好吧。"师尊这样吩咐道。

"明白了。"

我即刻回答道，同时惊讶于那幅太阁殿下的虚堂书轴，仍然就那么挂着。

仅仅是替惹怒太阁即将流放九州的古溪和尚饯行，且把茶事地点定在太阁眼皮子底下的聚乐府邸这一桩事，就已经让人胆战心惊了。更何况还把太阁密藏的书轴擅自拿来使用！

而那书轴里的虚堂七言绝句，说穿了，就是对把古溪和尚这样有学有德的高僧流放至荒凉之地的当权者的批判。

师尊在那之后竟一直把书轴挂了大半天,还一直在书轴前坐了大半天!

我急忙把虚堂的书轴从壁上取下来,细心卷好。

准备离开房间时,再次望向师尊。

师尊依然跟先前一般的表情,只是在同一处静静地坐着。

"让徒儿把灯点上吧。"我征求了一句。

"都这个时候了啊。"这时,师尊才挪了一下身子,缓缓从席位上站起来。

我跟在师尊身前身后打点十余年,这一刻的师尊的印象,是最为刻骨铭心的。

后来每当我想起这一刻,想到这一刻师尊侧目而视的那个人,总觉得就是太阁殿下。至少,替古溪和尚饯行的茶事、擅自使用虚堂的墨迹,都无疑是对太阁的无言的反抗。

在这无言的反抗中,师尊一直在侧目远眺着太阁,目不转睛,而坐姿也是一动不动大半日,这得是多么坚强的意志。

古溪和尚流放九州一年后,事情有了转机。正如东阳坊先生所知的那样,古溪和尚再度回到了京都。

其后,在天正十八年九月十四日,同在那间聚乐府邸的四叠半茶室里,相同的亭主与茶客数人,又行了一次慰劳茶事。这次是古溪先生作正客，我则不在茶室内，而是在茶室外做了些茶事的帮衬。

提了这么多以前的旧事，我想说的其实就是，在今天的东阳坊先生的茶室里，在我与东阳坊先生交谈时，我眼前出现的那幕在驶往堺市的船中先师利休的神情姿态，正一如那天替古溪和尚饯行的茶事后，独坐半日的利休师的神情姿态。

白日里跟东阳坊先生说话时，那种相似的感觉还并不那么强烈，可如今回到修学院，回到自己平日的居所，这才猛然惊觉，原来在驶往堺市的那只船中，先师利休无论从表情还是姿态上，都是凛然直面太阁殿下的。

在聚乐府邸的表情姿态，是一种对太阁权力的挑战；去往堺市船中的表情姿态，是一种面对太阁报复的凛然。

我仅参与过那一次送别古溪和尚的茶事，但就那一次，便足以让太阁震怒继而报复。估计此种报复并不那么轻松，但先师却已经有了从容面对的觉悟。

不过，看起来这报复来得也太迟了些。

先师利休在那艘船里大概也是这样想的吧。

也可能如东阳坊先生所说，船中先师利休的立场本来确实并不那么糟糕，其后到了堺市，事态才在倏忽间变得严重，最终变得无以挽回。

或许这看法也对。

抑或跟我提的那些全无关系。无论事态变好还是变糟，先师利休都早就看透了自己的命运，只是淡然地，准备好了随时迎接那最坏的结局。

可是，先师为何要将自己置于那样的境地呢？

这个问题根本不是三井寺的本觉坊我能弄明白的。我总想着将来能去拜访某些跟先师关系亲密的人，可如今我已从茶界隐退，我还能成行么？

夜已深，且让我就此搁笔，从午间到深夜的这段与东阳坊先生的偶遇，暂且先画个句号。

第二章

二月二十三日,庚戌,夜半雷雨,晴。(注:庆长八年①,阳历四月四日)

昨日夜半,雷雨磅礴,直至晨晓才停。听闻北白川口、修学院口有好几处都落了雷,京都市街中竟有人被雷劈而亡。

而今日雨过天晴,碧空如洗,澄澈万里。

我用过早餐后,开始着手打扫被暴雨肆虐过的门前小径与庭院。屋后的地面,堆满了各种杂木树枝。只水井旁边的一棵樱花树没大受到伤害,虽离绽放还稍有些时日,但枝上的花蕾已然成形。

今天是冈野江雪斋大人到访的日子。

我在这间茅屋已经住了十一个年头了,而像模像样地迎接客人,这还是第一次。点燃那间一叠半茶室的炉火,我转身去取先师所赠的一只长次郎黑茶碗。

①庆长八年:即1603年。

茶碗上的黑釉很薄，有些地方还可见到其下的质地。而这种若隐若现的样子反倒极为有趣。茶碗的曲线与弧度也都无可挑剔，碗口稍有些厚，底座小巧。

这种幽僻之所，冈野江雪斋大人为何会专程来访？

其缘由或许能多少猜到一些。

此事是大德屋——我这些年来常常受托做些器具鉴定的一家京都的器具店——他们的店主介绍的，于是起先总以为他大概是来求器具鉴定的。

江雪斋大人我还素未谋面。在先师利休晚年时，我也多少听说过他的一些事迹。

小田原战役，在其主家北条氏不得不开城投降时，他还一直在其主家北条氏的本城战斗到最后，恪尽职守，拼死保护着主家的直系血脉。

后来北条氏的本城落入太阁之手以后，江雪斋被抓到太阁跟前，作为护主不利导致主家灭亡的敌方大将，即将就死。

当时江雪斋说，主家的遭遇是天意，而非凡人思虑所能左右，如今北条虽战败亡国，但也曾是一度手握重兵奋力战斗过的武门之家，北条已经完成了它的历史使命，时至今日，其他无须多言，要杀要剐请自便。

据闻太阁就是在听过江雪斋的一席慷慨陈词之后改变了

态度，竟免了他的死罪。

小田原一役后，那段话流传很广，而江雪斋作为刚正不阿之士的形象，也就固定了下来。

本来我所知的就这么些。大约十天前大德屋的店主说到此次登门拜访之事时，又告知了我一些有关江雪斋的情况。

他作为北条的家臣，原名板部冈融成，剃度后法名江雪斋。往小田原家派去使者的关东诸将，任谁都知道他是独当一方方面面的重臣之一。

北条灭亡后，他成为太阁麾下一员大将，于是改姓冈野，从此以冈野江雪斋自称。太阁亡故后，奉德川家康为主，在关原战役上有使节之功。关原一战后，成为家康公的随从，开始侍奉家康公。如今他在伏见也有了封地。

"这样一位大人，怎么会想到来我这僻静之地呢？"

"我也询问过，江雪斋大人说是因为有事想请您帮忙。可至于到底是何事，倒是未曾透露只言片语。或许是有关器具之类也未可知啊。"

"对方是有身份之人，本该是我去登门拜访才对。"

"这我也提过。他住在伏见，我曾提议陪您一同登门拜访，可他却执意要单独去拜访您。他的决定很难被他人左右，所以我也就没有再提。"

这是我跟大德屋的店主之间的对话。

而今日，就是江雪斋大人的来访之日。

未时（午后两点），江雪斋大人出现了。

他从茅屋旁边的一条坡道疾走而来，孤身一人，没有随从。

我见了急忙穿过前庭——也不过跟近处农家一样，是块屋前的空地罢了——来到庭边的一棵银杏树旁。

"是本觉坊先生吧？"对方突然开口问道。

僧衣裹身，发已剃，年龄六十五左右，肩宽背广，声音洪亮。正是一副小田原战后那番逸话里该有的英姿。

只见他望着面朝前庭的外廊，道："打扰了，请问那个阳光甚好的惬意外廊，能否借用一下？"

"如若大人不嫌弃，请上座饮茶一杯如何？寒舍实在鄙陋，还请见谅。"

听我说完，他回了一句"您客气了"，便随我进了房间。

过了一片木板地，我们来到最里的一个一叠半空间里。没有任何铺设，更别说花或者画轴。

"鄙陋之地，至今都尚未有来客。"我道。

"不错，真正的闲寂之所！鄙人江雪斋何德何能，竟能成为先生第一位茶客！"

此刻我已对他心无芥蒂，这样一位不拘泥于外形的客人,总会让人颇有好感。

饮茶一盏后,江雪斋道:"长次郎的茶碗,鄙人还是在山上宗二①先生那里借用过一次,谁想那之后竟已经过了十三年。"

听闻山上宗二的名字,我不由得一惊:"您与山上宗二先生相识?"

"鄙人在小田原城时,曾跟随宗二先生修习过两年左右的茶道,换言之,瓢庵山上宗二先生是鄙人的启蒙恩师。"

随后他接着又说:"今日鄙人造访先生住处,正是因为有一部宗二先生的书卷,想请您过目。请恕鄙人在饮茶之后就开门见山。"

江雪斋大人说罢,打开随身的包裹,取出一本很厚的线装册子,放在我面前。

"就是这本,希望先生您能过目一下。这是山上宗二先生为鄙人所写的一本书,茶之奥义——或可称秘传。可怎奈鄙人初识茶道,很多地方不懂,也有很多难解之处。

"打扰了您的清修,实在抱歉。如您不嫌弃,还请略为指点一二。您常年跟随利休先生左右,实在找不出比您更适合请教的高人了。"

---

①山上宗二:战国至安土桃山时代的豪商、茶人,法号瓢庵。千利休的高徒之一。

"小生本觉坊何德何能，实在不敢当啊！这样一本利休先师高足，且受先师真传的宗二先生所写的书物，小生才学浅陋，真不知能看懂多少啊。不过如果大人信得过，就暂且让小生拜读一番，只是多少需要些时日——"

"多久都无妨。"

"可这毕竟是您的贵重之物。不如待小生下次拜访贵府，在贵府参阅如何？"

"无妨。这只是鄙人誊写下来的一份。宗二先生的真迹还在鄙人之处，尚不为外人知。所以您尽管放心，也无须顾虑，放您这儿多久都没关系。如若必要，您再誊抄一份也可，无须客气。"

他语气刚正，而且考虑得如此周到。

"好，那就暂且放在寒舍。先师利休的声音、宗二先生的声音，真是久违了。"

也不知什么时候，我的心绪澎湃起来。接过这册书来，表记"山上宗二记"五字映入眼帘，随后我起身，小心翼翼将书放到隔壁房间的书案之上。

之后我们的交谈继续了下去，江雪斋大人很乐意再啜茶一盏。

这是初春乍暖还寒的时节，窄小的茶室有茶炉之火驱寒，很是暖和。户外也无风，只静寂一片。

"山上宗二先生是什么时候写下那本书的呢？"

"天正十七年①二月鄙人就离开小田原，作为主家使者被派往他地。那卷书是在此之前就拜领的。所以宗二先生提笔的时间，该更在之前才对，或许可能是前一年的秋天吧。

"宗二先生来小田原后，很快便被尊为北条家的茶道师范，鄙人也尽可能地为先生提供各种方便。先生执笔替鄙人写下这一卷书，大概也有感念与还礼的意思在内吧。当然，也不可能只是些感念的内容。

"您读过就知道，有一些预感到来日缥缈、命运将至的内容，夹杂着一些私人的感情。"

"宗二先生在小田原待了几年？"

"三年左右吧，或许有四年。"

"在去小田原之前呢？"

"据说是在堺市，跟过太阁殿下一段时日。那段往事，他说得极少。或许是因为他本就长得一副异样的面孔，表情又时常那么严肃不讨人喜欢，遇事又不知妥协，所以大概是什么地方惹恼了太阁殿下，这才不得不离开堺市，浪迹天涯。最后才在小田原找到了栖身之所。

"但另一面，他又刚正不阿，是个仁义君子。若非如此，

---

①天正十七年：即1589年。

037

又怎会花费心思，替鄙人这样一个不入道的写下一卷秘传？"

"虽还不知这卷秘传的详细内容，但先师利休、宗二先生他们二位都已经过世，这毫无疑问是一卷无以替代、极其珍贵的书物。小生实在没想到还能有幸观瞻！"

"其实，宗二先生曾言，在赠予鄙人之前，另外还写了一本给儿子伊势屋道八先生。无论留存世间的到底是一册还是两册，都无关紧要。只是，宗二先生，当时还那么年轻。记得小田原城失守之时，他才四十八岁。"

"小田原一战之后，小生听闻了一些有关宗二先生的流言蜚语。"

"的确有。"

"宗二先生是流言所传的那样悲惨离世的吗？"这一句话问出口实在艰难，但我实在是想弄明白事实。

小田原战役之后，我听说了江雪斋大人的事，而那之间还听到不少有关宗二先生的传闻。而后者是极为凄惨与隐晦的。

听说，在小田原失守时，山上宗二先生冲到太阁面前直言不讳、口无遮拦，于是被割掉了耳鼻，最后惨死。

这些传闻当时利休师也肯定不可能没听说过，但利休师却未曾提起片言只句。

"您所说的流言，鄙人也曾听闻过，不过真伪鄙人也不甚清楚。"沉默片刻后，他又道，"这件事，还请先生读过刚才的那卷书以后，再容鄙人说说自己的看法。至于是否真如传闻那样是悲惨离世的，鄙人也想听听您的意见。您究竟见过山上宗二先生没有？"

"可惜无缘得见。小生也很想有机会能拜会一次。小生开始跟在利休师身旁服侍，是在天正十年。那时宗二先生应该已经是太阁殿下的茶事总管了。但好日不长，惹恼了太阁大人。

"后来说他什么浪迹天涯，什么畏罪潜逃的都有，反正不知行踪。有段时间有消息说他就在京都或者堺市，但总无缘得见。不过之后倒是有一次机会，大概是在小田原战役前后——"

我停顿片刻，接着说道："小田原战役时，利休师启程去了箱根的汤本一地。那时师尊心里想的大致都是与山上宗二先生会面的事。只要能见到他，如论他当时的立场有多不利，师尊都认为是可以挽回的。

"那时，小生感觉利休师每天都在心底里对小田原城内的宗二先生呼唤着两个字：出城！出城！那时的师尊，是有能力也有自信能救出他来的。"

"可惜，那时小田原城被围。城外有十层、二十层重兵把守，想要出城，谈何容易？外面水泄不通，连一只蚂蚁都钻不过去。不过，宗二先生或许是真的出了城。皆川广照也跟宗二先生学过茶，那时他带了一众亲兵出城投降去了。如果宗二先生跟他一道，出城也并不是没有可能。

"可如今事实终究成为不可解的谜。不过即便他出了城，也并不是完全就能避免后来的悲惨命运。"江雪斋大人继续言道，"无论实情究竟怎样，小田原失守时，鄙人对此事都全无察觉。那时主家北条都处于濒临灭亡的险境，鄙人哪有更多的余力去关心其他？

"后来，城门被打开，主家北条投降，鄙人这才发现宗二先生已经不在城里，哪里都找不到他的身影。"

他接着说了下去："那段围城的日子，在不知明日命运几何的小田城内，宗二先生却每天都亲自在茶室里迎接各位武将，实在令人敬佩。无论点茶还是身姿言语，都一副凛然之态，如今都让人不敢或忘。后来才听说，原来同一时间，在箱根的汤本，利休先生也在每日点茶。"

"在箱根，利休师也是极其忙碌的。太阁大人每天都会来，其他身份显赫的武将也是接踵而至。六月之后，还见过伊达政宗大人。"

"攻与守，两方的武将都被茶道所激励。攻方有利休先生坐镇，守方有宗二先生坐镇。箱根的山上山下都在忙着。"

"那时宗二先生坐镇的茶，想必更加认真吧。"

"正是。"

"那时的小田原,无论亭主还是茶客,毕竟都不知道还能不能活过明天啊。"

"的确如此。"

"对于那样的一番茶席,小生本觉坊是向往之至的。"这是心里话。听江雪斋大人称赞宗二先生令人敬佩,我也确实觉得宗二先生是令人敬佩的。

"可惜,那样的茶席,怕是再难见到了。时代已变,利休先生过世后,茶界已然换主,成了织部先生的时代了。"

"织部时代以后,茶就真的变了吗?先师利休过世后,小生就隐遁于此,再也不问世事,与茶界也已无缘,对有些事都是知其然不知其所以然。"

"那是世间的评价,说织部时代的茶已全然变了。攻城的鼓声不再有,曾经的茶自然也不会再有。这也实属正常。其实这么一想,利休先生是无法活到今日的,宗二先生也活不到今日,武人茶人都已经更新换代。可是——"

江雪斋大人忽然停顿下来,眼神望向远处,不久又折转回来:"鄙人最近,在家康公的随从席上,见过古田织部大人。因鄙人曾有一事相问,前些日子得了一封他的回函。

"但让鄙人极为惊讶的是,他的笔迹竟跟利休先生极为相似,简直可以以假乱真。利休先生的字迹,鄙人曾在他给宗二先生的几封书信里见过。无论书体还是风格，都可以说是别无二致。

"这样看来，说不定茶汤也一样，表面上看似变了，但实际上并没有变。您怎么看？"

"这个嘛——"我思忖。

而后只听江雪斋大笑起来："如果山上宗二先生还活在这个世界的某处，还用他的那张脸睨视着这个世界，织部大人大概也是没法儿简简单单就把茶给改了的吧？"

江雪斋大人的这番话，听着仿佛多少有些刺儿在里面。

我们这样聊了一个时辰。申时（午后四点），江雪斋大人从座席上站起身来。我送他至修学院口，在那里与他最后作别。

夜幕时分，因村里的庚申会①，有三四人来访，邻家的家主还带了酒来。大家围炉而坐，小小聚集了一下。

待集会结束，大家一同离开之后，我也准备就寝。可怎奈脑子却异常清醒。宗二先生的事萦绕脑海，不知不觉已深更半夜。这之间，一件往事忽地闪现出来。

那是在山崎妙喜庵的某次茶事。

---

①庚申会：日本民间信仰的一种集会，以村等为单位在庚申日里聚在一起彻夜祭祀神佛。

冬日的某个晚上，冷暗的夜色已然把妙喜庵吞噬殆尽。

那时我跟着利休师才两三年不到，时日尚浅，还不大明白何为茶汤，也不知道茶室里进进出出都有些什么人，总之每天都只听凭吩咐，依葫芦画瓢。

傍晚六点开始的这次茶事，开了很久也全无结束的样子，只夜色越来越深。

我手持烛火，在隔壁待命。如果茶室传唤，我就得即刻把烛火拿过去递到点茶席上的亭主手中。

然而，茶室那边却久久都不曾传唤。

我只僵坐原地，静静地等着。

忽然我听到有人说：

"挂上'无'的书轴，什么都不会灭。挂上'死'的书轴，什么都会灭。'无'不灭，'死'则灭！"

其语调就仿佛是在跟人争执。而后又什么都听不见了。

过了一些时候，一个低沉的声音响起，我马上反应过来，是利休师。可不巧有人从堂屋叫我，所以不得不离开。

利休师究竟说了些什么也没能听见。

等我回到刚才的位置，好像是另外一个声音在说，但很快就停了下来。

茶室再度回归沉默。谁的声音都听不见。

或许正是茶事的一环，却仿佛死一般的静寂。

我甚至怀疑手持烛火的自己是否已经被完全忘记。

不过，我并没有被忘记。

不知过了多久，我与茶室之间的那道隔扇开了一道缝，有声音吩咐道"烛火！"我即刻跪着移动过去，把烛台递到隔扇的缝隙里。

隔扇最后是我关上的，是我即刻就关上了的。

这一开一关的时间并不长，但映入眼帘的二叠狭窄空间，却极其异样。

茶室房顶低矮，茶客二人右边是底灰粗墙的壁龛，点茶席旁边烛台的光暗淡明灭，二位茶客只在薄暗中坐着，背后是粗短如秃头妖魔似的影子。

点茶席上的人跪着直起身来，前倾，接过我的烛火，而后拿到左前方的壁龛前，好像是要让二位茶客能把壁上的书轴看得更清楚一些。

或许刚才听到的那个"死"字什么的就挂在那里。此番光景不得不让人产生这样的联想。

大概是烛火映照的缘故吧，手持烛火的这位，看起来颜面很是恐怖，就仿佛是上半身在火焰映照下的多手多面的明王。而对面墙壁上秃头妖魔的影子，好像正要将他吞噬。

这瞬间瞥见的异样情景，经历漫长的岁月直至今日，都一直历历在目。

那天夜里,坐在点茶席上的是山上宗二,两位茶客之一是利休师——不知什么时候我开始这么认为。可另一位茶客是谁?可惜我还全无头绪。

然而,那幅场景里能真正确定下来的,只有利休师一人。师尊那日确实是坐在茶客席位上的。

亭主我认为是山上宗二,但那段时间并没听说有哪位师兄来山崎拜访过师尊。问谁都说从未听说过山上宗二去过妙喜庵。可是,能在利休师面前,以那样的口气说出那番话的人,除了徒弟山上宗二以外还会有谁?

另外一位身份不明的茶客,是烛火照射不到的一团暗影,给人以谨言慎行的感觉,不是那么棱角分明。但他却无疑是那次茶事的参与者。

虽然我不知他们为何而聚。茶室里到底发生了什么我也并不清楚,或许什么都未曾发生。或许只是因为被火光包裹的多面多臂的明王相太过异样,才让我把所有的一切,包括席卷四周的暗黑,都当做了异常。

而今日江雪斋大人问我是否认识山上宗二,我曾想把妙喜庵所经历的那一夜相告,但最终还是放弃了。

那夜的那位亭主可能是宗二先生,但同时也确实可能不是。

不过当江雪斋大人说起宗二先生的相貌时用了"异样"

这个词，让我不由得一惊。妙喜庵的那次聚会上，或许正是他不同寻常的相貌，才看起来像是火焰中的明王。

——"'无'不灭，'死'则灭。"

对于这句话，现在的我只有基于现在这一刻的理解。

至于这个"无"字是谁写的，我认为是大德寺一脉的某位禅僧。这也并非什么不可思议的文字。而"死"这一字，除了宗二先生大概别无他人。

另外还会有谁会写这样一个字？

把"死"字书轴挂在茶室壁上，到底是合乎气氛还是太煞风景，是能让人心境沉稳下来还是浮躁起来，不甚清楚。而将此字作为茶人之言，是行得通还是行不通，也不甚清楚。这是否属于异端，还是不甚清楚。

本来早就该向利休师请教这个问题的，但最终是跟其他的疑问一样，被我束之高阁了。

深夜里，我思忖着先师利休的事，思忖着宗二先生的事，脑中回忆起山崎妙喜庵的茶事，很快就三更半夜了。

跟昨夜一样，又是一个静谧的春之夜。

明日我打算潜心静气坐在书案前，研读那本《山上宗二记》。

二月二十四日辛亥天晴

巳时（上午十点），我翻开了《山上宗二记》。此书由六十张和纸装订而成，每张都是江雪斋大人亲笔誊抄的粗笔细字，见字如见人。

第一页，由"茶汤之所起"这几个字开篇。

无论所谓奥义还是秘传，从开篇全然看不出任何端倪，所以就快速地把整书大致浏览了一遍。

最初三页是茶汤的历史。接着介绍了一番"珠光纸目录"，壶、茶碗、釜、茶勺等但凡有名的茶具，都一一提及，并作了简短注解，一共三十五六页，所占篇幅约整书的一半以上。

而后有数页《茶人觉悟十种》，《茶人传》约十页。

最后是一章结尾，行文最后落款"天正十七年己丑年二月，宗二"。另起一行，有"赠与江雪斋"的字样。

行书至此，正文该算是结束了，不过其后还附加了几页汉诗。

这样粗略翻过之后，我即刻意识到这不是一本用来阅读的书，而是一本应该抄写的书。

这相当于为师者授予学业有成的弟子的一种证明，只不过内容更加详实一些，记录了有志于茶汤之道者的心得与体会。

虽然不知这书是否允许誊抄，但其内容只有潜心誊抄，才有可能理解并习得。也就是说，秘传呀奥义之类那些常人都在追寻的秘密，并不是写在书内的，哪一页都找不到。

想来所谓茶汤的奥义呀秘传之类，本就不存在。

看第一卷末尾就有这样一段：

"总而言之，茶之汤者，并无古书记录。只有多鉴阅唐明之物，多参与茶事，并勤于钻研，昼夜思之念之，才终成师匠。"

所谓勤于钻研，说的就是要设法去弄懂弄明白。

另外卷末还有这样一句：

"本书为初学者的宝典，于茶人无益。"

既然写着"初学者宝典"，那修习时誊抄大概也不会让山上宗二先生感觉不快的吧。而且书的主人江雪斋大人昨日到访之时也明言过，说"如若必要，您再誊抄一份也可，无须客气"。

傍晚时分，我再次来到放有《山上宗二记》的书案前坐下，开始磨墨，下笔。

跟江雪斋大人一样，用一张和纸抄写一张的内容。先师利休在世时，曾让我誊写过一些古书，如今再度执笔誊写，感觉甚是久违。

最初的三张，从足利三代将军的时代说起，最后是茶道始祖珠光的登场。寥寥数字，把整个历史脉络写得清晰明了。这些内容大抵与利休师所教授的一样，但我记得潦草，这章文字可谓助我良多。

本章结尾是这样写的：

"东山殿下（足利义政）薨后，公方①代代有茶汤……此后散于天下，至今不绝，茶之汤茶之道繁盛。珠光之后，有宗珠、宗悟、善好、藤田、宗宅、绍滴、绍鸥。"

这里第一次写到利休的茶道之师绍鸥。

在介绍茶道历史之后，还对茶人、闲寂雅者、名人、古今名人等词做了定义。这些词每一个都让人恍若重逢，实在有幸之至。

"鉴别能力强、点茶技艺高，且游走世间之师匠，谓之茶人。"

"无持有一物，但其一有觉悟，其二有茶趣，其三有功绩者，谓之闲寂雅者。"

"持有舶来品、鉴别能力强、点茶技艺高，且笃于茶之道者，谓之名人。"

其后还举例说茶人代表有松本珠报、篠道耳，闲寂雅者的代表有粟田口善法。珠报、道耳、善法这三人都是珠光的

---

① 公方：此称谓起源于镰仓、室町时代，曾特指足利将军一族，江户时代成为将军的别称。

弟子，是利休师以前经常提及的东山时代的茶人。

至于古今名人的定义，则是既为茶人，同时亦闲寂雅之人。举例有珠光、引拙、绍鸥三人。

誊抄至此，我打算结束第一日的工作。之后是个人独处思虑的时间。

晚餐吃得较晚，之后又陷入了沉思。

被重新拽入茶的世界，感觉甚是久违。

我忽然想起，宗二先生在提到闲寂雅时，所举之例是善法。这位代表自然是不错的，但我在抄写时，却极想用东阳坊的名字去替换。

从东阳坊先生过世至今，已有五个年头。上次造访真如堂，还是庆长二年秋天的事情。之后第二年，这位八十四岁高龄，并为世人所承认的闲寂雅之达者，就溘然离世。

在春夜的静谧之中，我不由得想起东阳坊先生的事，心绪万千。

二月二十七日甲寅天晴

二十五日、二十六日整整两日都在誊写《珠光一纸目录》。今天是第三天了，总算在傍晚时分全部抄写完毕。

我拿起三天抄下的内容，从头开始读了起来。

"本章所记，为珠光问询能阿弥有关培养鉴别能力之日记。传宗珠。时至引拙,均为珠光风体,其后绍鸥悉数改之,且多有追加。绍鸥承上启下,巧妙高明,为当世先达。"

这是这章的开篇之言。所谓名文,即如斯。

《珠光一纸目录》的总解说仅四五行,却已道尽原委。

其后是宗二的自我介绍。他以谦逊的口吻写道:

"绍鸥逝去三十余载,宗易(利休)为先达。小生宗二跟师学茶已二十余年不曾间断,时有记录师之秘传。如今且借《珠光一纸目录》来做些加减,更把小生自身之思考记录其中,虽期翼下笔万全,但最终如何尚不可知也。"

进入主题以后,便开始介绍享誉天下的各种茶具。

最初是壶。

三日月、松岛、四十石御壶、松花、舍子、抚子、泽姬、象潟、时香、兵库壶、弥帆壶、桥立、九重、八重樱、寅申、白云、裾野、双月、时雨、净林壶、千种、深山。

这些壶的由来、经历,以及其铭文与所在地都有详细记载。

而我,抄着这些壶的名字,不知不觉间已被引入茶的世界,感觉到一种无以名状的兴奋。

其中桥立壶,是先师利休所持之物。师尊过世后,此物已不知去向,不知命运几何。今日阅之,如见旧友。

"此壶装水七斤,土陶质地,其形之妙无以言表。乃宗易所持之物。既为名人宗易所持,其茶感、茶味则无需赘言。

"据传,此壶本产于丹后一地,然高于丹后甚多,于是起名'桥立'。此外另有一说,东山殿①拿到此壶时,不见文,只见壶,想起一首古歌'尚不曾踏②入天桥伫立之地',于是起名'桥立'。"

这"桥立"之名的由来我曾听师尊讲起,不禁又让我忆起了当时的情景。

然而这么多的名壶,其实也跟人一样有着自身的命运。

有的辗转各处,漂泊流离,居无定所;有的荣登高堂,环境优渥,却被束之高阁。甚至有的跟着持有者,早早就烟消云散,归了尘土。

三日月、松岛两壶都是在惣见院(即织田信长)大人的时代就因火而毁。八重樱壶是明智日向守(即明智光秀)所持之物,却跟着殉了葬,在坂本城中烧毁。

当然,也并不是只有壶才有这样那样的命运。

在《一纸目录》里记载了松本茶碗、引拙茶碗等很多种类。

---

①东山殿:即室町幕府第八代将军足利义政,是以银阁寺为代表的东山文化奠基者。

②日文里"踏"与"文"同音。这里"不见文"与"未曾踏入"谐音。

其中珠光茶碗，就跟随其主三好实休，于兵败之时，毁于失火之中。还有莲实香盒、珠德茶勺、绍鸥备前花筒这些，都消亡于战火纷乱之中。

有一只名曰"平蜘蛛"的茶壶，曾牺牲自己，救下了松永秀久一命。

这般一字一句誊抄下来，我不禁深深感慨，无论人或物，要在乱世里保全自身，真是很不容易的一件事。

香也作了很多介绍。

太子、东大寺、逍遥、三吉野、中川、古木、红尘、花橘、八桥、法华经、园城寺、面影、佛座、珠数等等。这些各处的名香，仅名字就足够精彩。

东大寺香，来自伽罗木，是众所周知天下无双的名香。

而后介绍了一些墨迹，以圆悟、虚堂的墨迹为主。有好几幅曾是我所亲眼观瞻过的。

还有各种茶叶罐，也是数目繁多。

第三天的今日，我从早晨就伏于书案前。

待日薄西山时，终于抄写完最后的花瓶，这才最终完成了《珠光一纸目录》的抄录。搁笔时，疲乏之感汹涌而来。

我离开书案，来到庭院，在屋后小径上漫步。

樱花已开了八分。

我都不知这樱花是何时开始绽放的。想必明后天就是满开了。走在小径上，我不由得想起叫"八重樱"的壶，还有"三吉野"的香来。

二月二十九日丙辰小雨

昨天一天休息，并未抄录《山上宗二记》，今天我将誊写完最后的部分。

我寅时（四点）起身，点燃炉火，来到书案前坐下。先师利休在世时，从冬到春，每日都会在寅时烧上茶水。

凌晨的水的凉气，依然与那时相仿。

我很快就开始誊抄《茶人觉悟十种》。

此前已经对茶人作过定义，指鉴别能力强、点茶技艺高，且游走世间之师匠。而此章，则对茶人应有的觉悟作了列举，共十种。

这些内容大概多是宗二先生从利休师那里学到的吧。抄写途中总觉得有利休师的声音随处响起。

"冬春时节，心系瑞雪，可昼夜行茶。夏秋时节，行茶不过戌时。然，月夜时分，一人可独饮至更深。"

这一条大抵也是利休师的话，我抄写时只感觉心里一紧。先师利休自身，正是这样做的。

"十五至三十岁，只须万事从师。三十至四十岁，始有看法主见。四十至五十,此十年间与师各赴东西,自身之风格与名声始成。五十至六十,才为一方之师,而以名人为右。七十以后,则随心所欲,茶风当如今之宗易、名人矣。"

这或许是从绍鸥至利休,再到宗二口头相传的,有关茶人修行的条文吧。宗二也许自行作了些许添加,但读来每句都触及了有关茶道修行的机敏微妙之处。

而在"七十以后,则随心所欲,茶风始如今之宗易、名人矣"这句里,则能分明感受到宗二对利休师的无限瞻仰之情。

宗二先生在写到此处时,大概也是很期待自己能如条文所示,修行到七十以后,能跟利休师一样随心所欲、茶风卓然的吧。

下午开始抄录《茶人传》。

从能阿弥、珠光开始,到绍鸥的弟子辻玄哉,总共有二十多位茶人被提及,并对每人都作了简单说明。包括手握数十种名物茶具的茶人,或仅只拥有一种的茶人。

对其中的数人,宗二加入了一些自己的评判进去。

比如下京的宗悟,虽是喜茶之人,但鉴别能力却一般,他所持的茶具数目繁多,却并无任何可圈可点之处。

另外在介绍绍鸥的另一位弟子辻玄哉时,说其师绍鸥已经对他倾囊相授,可他仍然鉴别能力低下,点茶也是天下第一的难喝。所以即便有顶尖的名师指导，无法自己融会贯通的人，其技艺也是穷其一生都无法提高的。

——正如江雪斋所说的那样，宗二先生的个性，容不得半分妥协。

"绍鸥五十四岁则远行离世。其茶亦于正风①鼎盛时消亡，就好似吉野的花开得太盛，开过夏季，如秋月，如红叶。"

"引拙之茶，就好似十月秋雨时节凌乱的树叶儿。年七十而逝。"

"珠光年八十而逝，其茶如雪山。"

"宗易之茶，已如冬木。"

宗二先生在写这些句子时，大概做梦也未曾想到利休师已处于生死险境之中了。"宗易之茶，已如冬木。"利休师在宗二后数年，正是只能如冬木一般迎接了死亡。

抄录《宗二记》最后的跋文时，雨声已停，而天色已暮。

我在烛台之光的闪烁下继续。

"大人即将远赴京都，且诚恳请求，于是鄙人也毫无保留，将所学全部记录在册。鄙人放浪形骸之时，曾蒙大人不

---

①正风：常用于和歌、连歌的评价语，是指不偏不倚的普通风体，与"异风""变风"相对。

弃，得以匿身于小田原城内，且受百般照拂。鄙人这二十余年的修行，大都写了进去，望有助于大人的闲寂雅。"

此段记录后添加了这样一句：

"待鄙人回京、赴死以后，可传与执着弟子。此乃认可状。"

落笔日期"天正十七年己丑二月"，署名"宗二"，且盖有印章。

最后是"赠与江雪斋"的字样。

我抄完所有篇章，放下笔来。数日来的誊抄，终于画上了句号。

江雪斋曾说在《山上宗二记》里，宗二先生已经预感到了自己此后的命运，大概所指，就是这最后一章的跋文吧。

"待鄙人回京、赴死以后"一句实在沉重。

跋文过后，还有几页汉诗，共十几首。

最后还有与汉诗不相关的慈镇和尚的一句"净御法之坛，悲权势之桥。"

宗二在此句后写："（慈镇和尚）常吟此歌。从宗易始，我辈以茶为生计者，听之无不汗颜。"并同时记有日期"天正十六年戊子正月二十一日"。想必天正十六年正月的某日，记录者宗二曾因某事痛彻心腑，才会有此感言。

这不是一句可以轻轻巧巧听之即弃的话。更何况还引用了利休师之名。

我读到此处,就好似从习惯了数日的茶汤世界,忽然间被拉入隔绝的婆娑世界一般。仿佛藏着什么应该让人好好思虑一番的事。

也的确是应该好好思虑一番了。

但我决定今夜什么都不多想,好好入睡。

三月十日丁卯天晴

今日午时,是与江雪斋大人在大德屋见面的时日。

我提前半刻先来到了大德屋。本来应该亲手把《宗二记》送还至伏见的府上,但大德屋店主说,江雪斋大人希望能去大德屋饮茶,于是就定在大德屋了。

至于到底是江雪斋提议的,还是近日执着于茶汤的大德屋店主提议的,我也不甚清楚。

大德屋的三叠茶室,已经做好了迎客的准备。

壁上挂有古溪和尚的字,一角悬挂着一只信乐花瓶"蹲",一枝尚未开败的山茶花点缀其中。茶碗在店主问起时,定下了今烧赤茶碗。

平素有正式茶事时,店主常请我在后方相助,不过今日我成了坐在前方的茶客。

江雪斋大人在接近午时到来,很快由人领进了茶室。

在喝过店主的茶后,开始了正餐。

煎鲑鱼、豆腐汤、鲷鱼菜羹、煮海带、米饭、番薯点心、煎年糕。

今天这一席,本是店主为我跟江雪斋而设,所以点茶、正餐时他并不多话,只尽心尽力忙前忙后。

待菜已上齐之后,我们的话题自然就转入了《宗二记》。

我在归还此书时,告知大人我已不客气地把全文誊抄下来。

"只要对您有用,请不用客气。这大概也是宗二先生的心愿。不过您抄下此书,可否告知有何感想呢?"

"小生从中学到了很多。虽然小生跟着利休师有十年之久,但从未做过笔记,实在汗颜。宗二先生着实令人敬佩。在那样的境遇之中,他还能持有舶来茶碗,还能辨明茶具高下,还能在点茶上一丝不苟。他在书中说茶道中人能做到以上三点就是名人。那他自己也当然该名列其中。"

"鄙人也正是这么认为的。那,有关宗二先生最后悲惨离世的那些传闻,您是怎么看的呢?"

"这——"

只有那一种结局。

"鄙人倒觉得他还在某个地方活得好好的。一个能写出那本书来的人,说以茶为生计是件汗颜之事的人,怎么会为了苟且偷生而逃出小田原城，去太阁殿下那里摇尾乞怜呢？宗二先生定是在小田原城破城之际，在纷乱中逃出了城外。

"先生一直是很善于逃亡的，逃亡后又会在某处悄然出现，再逃，再出现。这次恐怕也是这样打算的。可不料在他打算再次出现之前，利休先生竟先遇难了。于是他终于失却了再度出世的心情和打算，在某处隐遁了下去。传言他被割去了耳鼻，对他来说，耳鼻不要也罢，难道不是吗？"

——难道大人之后还见过宗二先生？

这句话我差点脱口而出。

江雪斋大人的说话方式，让人不由得会那样想。之后江雪斋大人转换了话题，问我有关《山上宗二记》里什么是所谓"口传"与"秘传"。这对我来说也是很难理解的词，于是想到哪里就说到哪里。

"'口传'的东西是用文字表达不清楚的，只能在口头传达中意会。如果有这样的内容需要去说明，宗二先生也有记录说，只能口传。

"'秘传'则是在跟师学习中，自己听到的东西。其他人都没听到，就自己听到了。因为这些内容，都是老师传达给自己一个人的，所以才叫秘传的吧。"我想想又添上一句，"口传、秘传这些词，利休师过去也是经常提到的。"

"原来果真如此。鄙人差不多也是这样认为的，但并不确定，所以才请教了先生您。其实，除了茶界，其他俗世间之事，口传或秘传也不少吧。"江雪斋大人这样说道，我也并未再深入下去。

"另外还有一处想请教。书中有一节引用了'萎以枯，僵以寒'这样一句连歌，还有绍鸥先生的评语'茶汤之终境也'。'萎以枯，僵以寒'这句，鄙人听着好像明白又好像不明白。是指的不要醉心于任何事情，要保持清醒的意思吗？"

"相当难解的一个问题啊！请恕小生才学疏浅！在抄写那几句时，小生曾想到'茶汤之终境也'是先师的先师绍鸥所说，也一直在思考那到底是怎样一种境地。不醉心于任何事，保持清醒！原来如此！先师利休晚年时所处的心境，确实是那样的，什么时候都是清醒的。"

江雪斋大人道："这只不过是鄙人的猜测，还不知猜对了没有。保持清醒这点，无论绍鸥先生还是利休先生，以茶立名的大师，应该任何时候都是清醒的吧。

"书中所记的利休先生的观点有一段是这样的：茶道修行时，起初无论何事都要谨遵师命。而后某个时期会抗命不从，师尊说东，他一定向西。但这种时期却是必要的。

"如果没有这一步经历，则就难以形成他自己的东西。也就无法成就他自身。而有了这番经历之后，当他再回师门，将定然会一丝不苟地谨遵师命。把一种容器的水，移入另一容器。——人生也是完全一样。

"乱世武将的处身方式也是一样。首先，要谨遵太阁殿下的旨意办事。但其后如果没有与太阁殿下观点相异的经历，就成就不了自身。只有在明确了自身特性以后，再次按太阁的意思去办事，才会大成。

"然而，要做到谈何容易。在与太阁殿下意见相左的阶段，武将们大都身首异处了。但有一人做到了，就是德川家康公。"

我道："先师利休在茶道修行时确实是有清醒之心的。但要说起他实际的人生——"

"这正是鄙人想向本觉坊先生您问询的事情。利休先生到底是处于什么理由才——"

之后我们的话题就转入利休师被赐死一事上。

究竟真相是什么？

事件至今日已经十三年了。而相较于十三年前，现在世上的各种道听途说可谓更多。其中大多数我都多少听过，但有一小部分却是完全不知道的。江雪斋大人讲了一些他的听闻。

而大德屋的店主，一直在默默听着我们之间的对话，虽然没有开口，也时不时偏偏脑袋点点头。

太阁殿下亡故已经五年，当今所有权贵拥戴的都是德川家康公。所以对太阁殿下的言论，可以不用遮遮掩掩，也无须担心什么了。

"利休先生为何会被赐死？有人说全因他撞上了太阁殿下突然的怒火，没有任何确实的理由。也有人认为不可能没有理由，太阁殿下对他太过恩宠，于是他就心高气傲骄纵了，最终招致了横祸。

"另外还有人说是因为堺市的众茶匠们的背叛，这个说法是信者最多的。也有人认为，是天正十九年①正月的某一次茶事，在聚乐府邸，家康公是唯一的茶客。这一亭主一茶客的事情传入了太阁殿下的耳朵，于是一切就都注定了。

"更何况，当时太阁出兵半岛，为了统一天下舆论，只能牺牲一个与稳重派武将走得很近的利休才行。还有其他很多种，比如说跟利休先生的女儿相关，跟大德寺的山门事件有关，跟利休的茶具买卖有关等等。有悄悄口口相传而来的，也有通过茶人或者武人之间底下私密传出来的。"

"利休师还真是为难呢。有的没的一股脑儿这么多。"

"是啊，真是对不住唠叨这么久。但也是没办法的事，利休先生太杰出，他的死也太意外了。"

"那江雪斋大人您自己是怎么认为的呢？"

"折杀我也！这是鄙人刚才询问先生您的话。本觉坊先

---

①天正十九年：即1591年。

生若是不知，谁人能知啊？"

江雪斋大人就这样把发言权抛给了我，他在等待我的回答，然而我却沉默了下去。除了沉默，别无他法。

能够真正说出口的东西，一句都找不到。

申时末（下午五点），归家。春日的夕阳，还在白晕笼罩之中。

因有事去拜访了两三处邻家，回到家时，天已黑尽。

我点上炉火，就这么坐着。

一人独处以后，经常会无比地怀念能坐在利休师面前的那些日子。

"您累了吧？"我对师尊说。很快师尊就回答了我的问话。

"倒是有点儿，不可能不累。世间事都是很麻烦的。活着的时候有活着的麻烦，死了还有死了的麻烦——"

"让徒儿为师尊点茶一盏如何？"

"好，先帮为师点一盏。夜深了，为师再自己点。好像有月亮嘛。"

"月色凄冷的模样。"

"哪里凄冷了？今天你提过的那句'萎以枯，僵以寒'里面，可没有凄冷的意思。"

"师尊,有一天,您是走了一条很长很长的路吧?徒儿在途中就跟您作别了。"

"为师记得。你决定回去实在是太好了。不要把茶汤作为安身立命的手段!我师尊绍鸥的时代还好,但之后,有我跟宗二两人足矣。"

"宗二先生,是跟坊间相传的那样,悲惨离世的吗?"

"追究那么多有何意义吗?是生是死,山上宗二自己一人决断了就好。即便耳朵鼻子被割,那也是正中了茶人的下怀。"

"妙喜庵的那次聚会,那个特别的夜晚,您还记得吗?"

"记得。"

"席位上,除了师尊还有宗二先生吧?"

"嗯。"

"另外一位是谁?"

"哦?还有谁吗?"

"确实是还有人在场的。"

"那个位置是空的,应该没有人坐。"

"可徒儿看见了。"

"有谁在,有没有谁在,都无关紧要。随便把哪个放进去都可以。有人坐那里相得益彰,有人坐那里就不合时宜。不如你选一位?好了,不说了,还是帮我点茶吧。曾经在聚乐府邸的茶室,记得有次为师专门为你点过一盏吧。久违了。"

师尊的声音戛然而止。

之后再也听不到任何声响。

第三章

古织大人

受邀于古田织部大人,且前往伏见、拜访大人府邸,还是二月十三日(注:庆长十五年,阳历三月八日)的事,其后不知不觉竟已过了十多天。

昨夜的风,算是这春季里最强的了。

近日天气也多有阴雨,所以今天就守在家里,多思考一下织部大人当天的那些话,希望多少能把一些事情连缀起来。

这数年来,每天写些小短文已成了习惯,当然还用不着夸张地称之为日录。

与织部大人已二十年未曾再见,这次的相会我怎么都得做些详细的记录。可正因为想记得详细,才将记录一天天搁置了下来。

织部大人遣人前来,是在指定时日二月十三日之前刚好一个月。前来传话的人,是我曾见过一两次的某位京都手艺商。

"大人说甚久未见，想跟您说说话。当天会赠茶给先生，不过其他招待还请原谅。如能未时（下午两点）到访，则荣幸之至。"

除此以外，这位传话者还告知，近来织部大人作为天下首屈一指的茶道宗匠，每日都极为繁忙。大概也只能这样以茶待客了。

我听后自是感恩不尽。

记得在先师利休的聚乐府邸的那些日子，织部大人对我甚是亲切。谁承想，这一晃就是二十年。

二十年光阴并不短，但大人还不曾忘记，还亲自遣人来邀请，我当然高兴，同时也心绪复杂。说实话，我很想看看当今的茶道宗匠织部大人的风采。

我如今年纪五十九，略算下来，织部大人也该六十七岁了，已开始渐渐接近利休师过世的年纪。

不过，对现在的织部大人，我也并非能全盘接受。

先师利休过世后，他取而代之并得到太阁殿下的赏识，从而确保了自己茶人的地位。把这算作对利休师的轻蔑也未尝不可。太阁亡故后，他又成为家康公的伽众之一，而后更是揽下了将军一族的所有茶事。

当然这些也无可厚非，问题在于有种传闻，说织部大人的茶，已与利休师的茶大相径庭。到底有怎样的不同，在未品尝之前是无法想象得到的。但无风不起浪，既然大家都那么说，那差异肯定多少是存在的。

这些暂且不谈也罢。话说回来，织部大人还能想起多年前的情谊，还亲自派人来请我，我自然是由衷的高兴。再怎么说，能跟曾与利休先师走得很近的人说说话，在我也是一件极其愉悦的事。

不过，想到将要提及的先师的话题，心底里也不知是悲是喜，感觉紧绷绷的。

如果江雪斋大人还在世的话，偶尔见一面，说说利休师的事，再讨论一番山上宗二的话题，也极为惬意。可这位江雪斋大人，却也在去年六月，于七十四岁去往他界了。

我失去知己，又孤身一人过了这许多时日，没想到织部大人会遣人前来。

说实话，从得知消息那天起，到赴约的二月十三日，这一个月时间我竟然感觉极其漫长。

赴约前十天左右，白梅绽放了。

赴约前一天，红梅也开了。红梅花开那天，我从屋后的小径一直走到后山上，去采了些款冬花茎，用来作为次日拜访伏见府邸的礼物。

那天下午我出发去往京都，在市内的大德屋住了一晚，次日一早就赶去伏见，午时到达伏见，在六地藏前的朋友家里稍作休憩，然后在指定的时间到达了织部大人的府邸。

府内院中，似有微香飘荡。

有人过来领我入席。是一间茅屋顶的茶室，我从客人用的蹋口进入。而后见到了从茶道口出现的织部大人。

他的身形似乎比二十年前增大了一圈，但能看透人心的那双眸子的锋锐，仍然丝毫未减。

"久违了！"我深深一鞠躬。

"你还是那么硬朗啊。"

"承蒙不弃。"

"真是好久未见啊。"听他说得这么两句，我的泪水已不自禁盈满眼眶，"本觉坊先生看样子丝毫未变哪。"

"织部大人您也是。"

"一晃都二十年了，徒增了年纪。"

"小生虚度二十年，今日幸得大人召唤。"

"我也是虚度了多年。"

听到这句，我在想织部大人的茶怎么会变呢。

这是一间三叠的茶室，壁上有利休的书轴。

织部大人开始着手点茶。茶筒是舶来的生高，茶碗是唐津。大概是因为身形圆实了一些，织部的一举一动都像是利休师的翻版，正是符合师尊心意的点茶方式。

饮茶过后，我再次注视着壁上的那幅书轴，道："好久都没这样坐在利休师跟前了。"

"那是在箱根时拜领的，我平常极少拿出来。"

"感谢大人如此尽心布置。"

"另外还有一样东西想让你看看。"织部大人起身，很快就回来，把一根茶勺与茶勺筒递过来，问我，"这个，你见过没有？"

我毕恭毕敬接过，只听他说："这是利休先生的遗物。先生在堺市削制了两根，一根送我，一根送了三斋大人。"

我接过茶勺的手，不自觉地颤抖起来。

茶勺的形状，是纤细、莹静、慎微的。利休师最后的心思，都藏在里面了吗？茶勺筒大概是织部大人自己制作的，内外都施了真漆，在几乎正中的地方开了个方形的口。

"可有名称？"

"泪。"

"利休师起的？"

"不。利休先生是不会起'泪'这样一个名字的。先生起名的技艺之高超，任谁都比不了。总是清清爽爽，如风拂面。"

的确如此。

那莫非是织部大人自己——我差点就这么问出声来。但若不是织部大人自己，还会有谁起"泪"这样一个名呢？

"三斋大人的那根，听说叫'命'。他看得跟自己的命一般，他人想要靠近就难了。连我都还没见过。不过，'命'这个名，倒是三斋自己可能会起的。每天大概三斋都会直面先生的遗物，以命相待吧。"

听到这话，我不由得一怔。织部大人莫不是也每天都直面着利休师的茶勺，在伤怀落泪？

于是我再度观瞻了一番那支茶勺筒，眼光落在中央的那个小口上。这才猛然发觉，原来这筒跟牌位是如此神似。织部大人定是把这茶勺当做利休师的牌位，每日拜祭着的。不仅现在，当初太阁还在世之时，他也一定是这样做的。

原来一直在祭拜师尊牌位的，不是只有我本觉坊一个人！

泪水又再度充溢了眼眶，我只能竭力遏制着不让其掉落。

我的这番模样，也不知织部大人看见了没有。只听他说："利休先生起的名可真是好啊。你记得有只长次郎的赤乐茶碗，叫'早船'的吗？"

"倒是听过，但还无缘得见。"

"那是在天正十四年，或者十五年吧。都是好久以前的事了，具体细节大都忘了，只记得在某次利休先生的茶事上，有氏乡大人、三斋大人，还有我，我们三人用'早船'品过茶。"

之后的话题内容转入了'早船'。茶事是在聚乐府邸的某天早上，茶客有织部、氏乡、三斋。在这次茶事上，赤乐茶碗第一次出现在大家面前。

碗身较大，碗口稍稍内收，碗底不高。内外都涂了一层赤釉，只不过外面的赤釉，因窑变而呈现出青绿色来。其光泽、色彩之奇，有趣之至。

精彩、华丽，却同时又被肃穆包裹。

当时三斋大人暗暗称奇，问利休师是何种陶瓷。利休师回答说，他是专门为这次茶事，发了早船去高丽买回来的。

"大概已毋庸赘言，这个时候茶碗之名就已经定作了'早船'。这清爽的名字实在让人耳目一新。利休先生总是这样童心未泯，而且善于抓住特点一剑封喉。也是极不可思议，那只长次郎的赤乐茶碗，怎么看都是发早船运回来的样子。"

此外，在那次早间的茶事上，还发生了一件事。

席间，氏乡、三斋两人几乎同时禀明，想让利休师把赤乐茶碗传给自己。而且两方都势在必得。那时利休师始终未曾表态，只微微笑着。

待茶事结束，利休师把其他的茶具分配完毕之后，给了织部大人一张信笺。

信笺上说虽然氏乡、三斋两人都很中意这只茶碗"早船"，但为师希望传给氏乡，希望织部能从中周旋一下，让三斋不至于着恼，使他也能明白利休师的心情。氏乡次日就要离开京城，利休师希望今日就能把这件事情解决了。

其内容大致如此。

"利休先生的信笺是放到我手里的，但封面却写着'两三人同启'，这些细节也像极了利休先生。他总是很注重那些极为细微之处。把'早船'传给氏乡大人，也是非常正确的一个决定。

"那只赤乐茶碗成为氏乡大人的所持之物以后，才算是真正坐踏实了。氏乡大人有着无论清浊好坏都来者不拒的大胆。或许那时利休先生的心里，已经认识到三斋大人是适合黑乐的，而非赤乐。赤乐不是三斋的！先生已经把对方茶人的性格都看穿了。"

织部大人停顿片刻后又道："那位氏乡大人，后来成为会津黑川的藩主，封九十二万石。只可惜过世得早，如今都十几年过去了。利休先生过世之后，听说正是氏乡大人庇护了利休先生的二子少庵，并照顾着少庵的日常起居。在那种境况下，这可不是谁都能做到的事情，氏乡大人的确是仁义之士啊。"

此事是我第一次听说。

先师利休后人的事情，在我几乎是全然不知的。这二十年岁月，过得真是茫茫然，如浮萍一般。

"利休师还是挺幸福的，有织部大人这样一位知己，随时都可以交心。"

待我这样说完，织部大人道："不，最紧要的地方我是不知道的。先生临终时的想法我是不知道的。他为何要被赐死，他自己是明白的。他不会不明白。不明白的是利休先生以外的人。"

"织部大人您呢？"

"当然我也不明白。三斋大人大概也是不明白的。只有一些臆测罢了。世上还是一如既往，各种说法都有，什么新说旧说都有。"

"有人说有秘传，还有口传。"

"对，有秘传，也有口传。事件过去二十年，当时的太阁殿下已经不在人世。无论秘传、口传、新说、旧说这些，都逐渐被埋没到了荒野芒草之中。我，大概三斋大人也是，只有一件事想弄明白，一件最重要的事情。

"可这件最重要的事却怎么也弄不明白。利休先生到堺市以后，临终前的那十多天，他到底是一种怎样的心境？他到底在思考什么？本觉坊先生你是怎么认为的？"

"请恕鄙人才疏学浅。"除了回答这句我别无他法。

"到底他是怎么想的呢？为何他不申辩呢？即便殿下有雷霆怒火，也不是全然没有解决办法的啊。"

"大人是说，如果先师申辩的话，殿下的怒火就有可能消散？先师是处在那样一种境况之下的吗？"

"应该是。可他却一个字都没有去申辩，不去依靠不去请求任何人。我这段时间啊，总是在想，他那时究竟是一种怎样的心境？长时间跟他离得最近的就是你了，你是怎么想的？"

"连织部大人都想不明白的事情，鄙人就更不懂了。那日先师忽地就离开了聚乐府邸，而之后就不曾再见过，仅此而已。都道他是在某地自刃了。但其究竟，鄙人无从知晓。"

"我看，这个话题还是放弃的好。今天请你来就是想跟你说说利休先生的话，说说他多么卓越，多么优秀，说说曾经还有这样那样的事情发生。不料却偏了题，弄得这么严肃。"

而后他问道："你见过三斋大人吗？"

"不曾见过。只是偶尔略有耳闻罢了。三斋大人已经今非昔比，再也不是二十年前年轻的时候了，我等是无法轻易——"

"不会！要是有机会，我跟他提一提你。他肯定会高兴的。三斋大人的一生在利休大人那里，利休大人的一生在茶那里。这点跟你是相通的。任何茶会上都几乎见不到他的影子。利休先生过世后，他就从茶界抽身出来，只自己一个人，或跟最亲的人一起点茶饮茶。真是了不起。

"而我则过得浑浑噩噩，把最重要的托付给三斋，每天都在这样那样的茶事里摸爬滚打。我都好像能看见利休先生在哈哈笑的样子了。还有他的声音，说别再糊弄自己了。这段时日是他一直在保佑着我。茶汤的前提，是要房顶不漏、肚子不饿。可在各种烦琐复杂中，有时候又不得不审时度势。就这样日复一日。"

织部大人说罢，忽地大声笑起来。

笑声爽朗。

最终在茶室里坐了一个时辰左右，申时（下午四点）我起身告辞。

织部大人送我到茶室外，并陪了一程直至广庭。

出了织部府邸，我就径直赶回京都。途中走累了就停下休息，而内心里一直是充盈着的。

这次能与织部大人再次重逢，真是有幸之至。世间虽然有这样那样的说法，但织部大人的心却与二十年前丝毫未变，仍然与利休师极为合拍。

我已经亲眼、亲身确认过了。

还有那支"泪"、那只"早船"的故事也极好。

嗯，这种时候是谁也不见最好。我避开昨夜借宿过的大德屋，决定直接赶回修学院的居所。

傍晚七点，归家。

这夜我一直与织部大人同在，思绪无法从他那里移开。

想着想着，我忽地一惊，不自觉从炉火旁站起身来。

我可真是傻透顶了！

二月十三日，也就是今天，不正是二十年前利休师从聚乐府邸悄然出走，去往堺市的日子吗？不正是织部大人与三斋大人一起送利休师到淀川渡口的那个日子吗？

一瞬间，我羞得无地自容。

那是织部大人与利休师诀别的日子。

正因为是这样一个特殊的日子，织部大人才想跟我本觉坊一起聊聊先师的事。定然是这样的！

我这个茶客竟然连亭主的这番心思都全然未曾察觉！

利休师的忌日是二月二十八日。每年的这一天都少不了祭祀，可我对二月十三日——这个对织部大人极为重要的日子，却没能有足够的关注。

想到织部大人对利休师的一腔怀念，再回想起织部大人今天的一言一行。其分量的沉重，再度让我心头一紧。

织部大人说利休师临终前到底是怎么想的，他不明白。

"只有一件事想弄明白，一件最重要的事情。可这件最重要的事却怎么也弄不明白。利休先生到堺市以后，临终前的那十多天，他到底是一种怎样的心境？他为何一句都不申辩呢？那种时候他究竟在思考什么？"

正如织部大人所说，那是有关利休师的最重要的一个问题。

"长时间跟他离得最近的，就是你了，你是怎么想的？"

织部大人是这样问我的。

离先师最近的确实是我。所以织部大人的问题是，你这个离先师最近的人到底是怎么认为的。

而我却回答说，连织部大人都想不明白的事情，我就更不懂了。

这句回话没有一丝半点的虚假，的确是这样。但若是他几次三番用相同的问题问我，或许我的回答会多少添加一些别的内容。

——利休师临终的心情，我是知道的。我怎么会不知道呢？利休师在最后仍然是利休师，他没有丝毫变化。只是，这些要我用语言表达出来，却很难。利休师到堺市以后的心境，我也是明白的，我怎么会不明白呢？

与先师利休分别以来二十年,我从没有哪一夜像今夜这样,在利休师面前坐得如此端正。

"如果用语言表达不出来,那不说也罢。"

好像有利休师的声音响起,在安慰他身旁的本觉坊。

而且不止一次。

两次,三次,数次。

在利休师的语音笼罩中,我不回一句,只正襟危坐,攥着一颗仿佛冻僵的心。就这样迎来了第二天的清晨。

与古织大人再会

今日九月二十二日(注:庆长十六年①,阳历十月二十七日),我应邀参与织部大人的早间茶事。

昨夜在伏见的朋友家里借宿了一夜,今天一早在约定的时间内到达织部大人的茶室。与此前的那次茶事,相隔约一年半。

今年春,我没有再次收到大人的邀请,以为今后再也进不了那间茶室了。没想到今年会在秋意渐浓的今日。

这一年半之间,织部大人茶道宗匠的名声更加响亮了起来,都说他是封一万石的大名隐士。

去年秋天他还曾向将军秀忠殿下传授过台棚茶,如今是

---

① 庆长十六年:1611年。

名副其实的将军一族专属茶道师范。

他的各种称谓，比如大茶人、闲寂雅第一人、天下大和尚这些，听起来都丝毫没有别扭之处。

这位织部大人，又是在事前一个月，派人前来传话。因为前事之鉴，我很是留意这九月二十二日对织部大人来说是怎样一个日子。于是几乎没花费什么精力很快就弄清楚了。

那是利休师与织部大人一亭一客的茶事纪念日。天正十八年①九月二十二日的早间茶事。

同一天的午间是与大坂的木村屋宗左卫门大人，晚间是与毛利辉元大人，都是一亭一客。

而后次日二十三日，是我本觉坊永生难忘的日子。

那日早间是利休师与我的一亭一客的茶事。如今回忆起这些，那段时日利休师或许正是因为已经预感到了自己半年后的命运，才跟每一位亲近的人以茶事的方式做了告别吧。

大概对织部大人来说，这个二十二日早间的茶事，也是最后与利休师的一亭一客了吧。地点无须多言，就是在聚乐府邸的四叠半茶室。因没有茶事记录，只能大致想起一些所用茶具。大概有濑户水壶、四方盆、胖茶叶罐或者木叶猿罐，还有药师堂的天目茶碗。

织部大人一如去年春天时的模样。容貌不但未变，还更

---

①天正十八年：1590年。

增了些光亮,声音听来也是中气十足,怎么看都不像是年近古稀的人。

与上次一样,进入那间三叠茶室,只见壁上挂的是宁一山的墨迹。

接下来饮茶一盏。

茶叶罐是濑户辻堂的,茶碗是常有耳闻的濑户扁椭黑茶碗。

大人的点茶技艺,这次也像极了利休师,大度、自由而静寂。不过茶具这次所选的却不是利休师所偏爱的,而是大人自己中意的。

茶后的正餐,有烤鲑鱼、鸡、素汤、米饭、柚子味噌、点心(烤麦麸、栗子)。

找到一个合适的时间点,我向织部大人郑重道了歉。上次竟未注意到那个日子的特殊性,实在是鄙人太疏忽大意了。

"没事,没什么可在意的。上次是梅花时节的茶,今天是胡枝子时节的茶。"织部大人说罢就笑起来,气氛瞬间变得轻松。

而我也将不再提及今日的特殊纪念意义,已无须提及。

"我明年的年纪,就是利休先生去往他界的年纪了。到如今,有些利休先生所说的话的真意,我才算真正弄懂。前段时间就有这样一件事。"

织部大人开始讲起一幅鹭绘图的事,我也曾在那幅图前坐着观瞻过。

"我记得很清楚,是天正十三年五月的一天。在某个茶事的席位上,我问利休先生,闲寂雅的真意是什么。要是现在,我肯定是不会那样去问。那时才刚过四十,还在茶道探索的起点,所以才问得莽莽撞撞。

"利休先生听了回答说,奈良的松屋家中有徐熙的鹭绘图,是作于五代南唐的天下名画。如果能看懂那幅鹭绘图,也就能弄明白何为闲寂雅了。所以首先要去看看那幅鹭绘图。于是我第二天就快马加鞭,往奈良飞驰而去,求了鹭绘图来看。你也见过的吧?"

"还是陪同利休师前往拜访松屋家时,有幸得见过一次。"

"你觉得怎么样?看到那幅画?"

"当时鄙人在想,这就是那么鼎鼎大名的鹭绘图啊。其他的,倒是没怎么——不过,那两只白鹭的美,现在还刻在脑子里。"

"对,绿藻中的那两只白鹭,还有那两片莲叶。水草边有两个点,是开着的两朵花。的确是极其卓越的一幅画。听说是珠光先生从足利将军那里拜领而来,无疑是舶来物中的逸品。可是，要从那幅画里面弄懂闲寂雅，我实在不知该如何着手，只记得当时是相当困惑啊。"

织部大人稍作休息，接着说："谁想二十几年之后，就是前段时间，我又见到了那幅鹭绘图。其主拿了画来，说装裱太破旧，不知道怎么修理才好。然后我把它挂在壁上，就是这里，仔细端详。

"那时，我忽然明白了利休先生的意思。这幅画的确是好画，但关键不在画，而在装裱上。在那无一字的中风带①上！这一发现惊得我差点儿喝起彩来。

"利休先生一定是说的这画的装裱。舶来品却用了日式装裱，珠光先生的确厉害！不过利休先生也非常人，能发现这样一个常人视而不见的微妙处。他的一双闲寂雅的眼睛，厉害就厉害在这里，真正名不虚传啊。

"利休先生还有一个地方很厉害，就是不明说这点。他总教导我们要自己去思考，要自身去体会。不仅鹭绘图这一桩，还有很多最近忽然就明白过来的一些东西。"织部大人说罢，朝我问了一句，"你也是这样的吧？"

"正是如此。鄙人也是到了这个年纪，才能把利休师的一些话一句一句想明白。"这样回答完后，我又把话题扳回

---

①风带：日式装裱里，挂轴的天头上，除了惊燕之外，还常有两条活动的带子，被称为风带。

来,问道,"那幅鹭绘图的装裱,后来怎么样了?"

"不碰。那样的一幅古董,怎么去弄都是错。没法儿动哪怕一根指头。如果一定要改,最多把绳子换换。但即便是换根绳子,要做决定还是不那么容易。反正,不碰是最好的。"

织部大人说罢,换了个话题:"本觉坊先生你能一直在利休先生旁边帮衬,真是幸福啊。利休先生说过的那么多话,现在大概都在你的心底里复苏了吧。"

"鄙人的确很幸运。织部大人跟利休师来往最为频繁的一段时日,大概是什么时候?"我询问道。

"是啊,是什么时候呢?现在回想起来,跟在先生旁边最多的应该是小田原战役的那段时间吧。那时我从关东出阵,利休先生在箱根,极少有见面的机会,但不可思议的是,我却觉得好像一直在他跟前似的。"

——那肯定啊。

又是一句差点脱口而出的话。那时,也就是小田原战役时,利休师在箱根的住宿处跟我说过的话我还能想起:

"——织部大人白天参战,战后饮茶。不是战斗间饮茶,而是在饮茶间战斗。他对战况与功绩之类全都不在乎的样子,只对茶勺、花瓶这些心心念念。他的请教相当频繁,三日内必有一问。而我对他也是有问必答。真是有趣。像他那样对茶那么执着那么炽烈，除了赞叹了不起之外，还真是无话可说。"

"在小田原战役结束、战事俱了之后，我曾拜访过利休先生，你还记得吗？"

"记得。"

"那时，我跟利休先生两人策马前往由比海滨。我跑在前面，利休先生跟在后面。到了海滨，利休先生问我这盐滨的景色如何。我不知这问题是何意，于是沉默了一会儿。然后他就说，看着这盐滨的阵阵潮汐，就想起了风炉的层层灰烬。真不愧是利休先生！无论每天去哪里，在干什么，他的心都从未偏离过茶之心。"

"闲寂雅常驻，茶汤亦关键。"我脱口道。

"这是利休先生的话？"

"正是。不过这并非我直接听先师说起，而是从已经过世的东阳坊先生那里听来的。是东阳坊先生告诉我，先师曾这样总结过。"

"闲寂雅常驻，茶汤亦关键。原来如此！利休先生所有的东西都包含在内啊。东阳坊先生，我虽未曾跟他说过话，但在聚乐府邸见过两三次。他过世已经——"

"庆长三年春去往他界的，至今已十三年。"

"他可是闲寂雅中的闲寂雅啊。他之后，已再无来者。"

"可织部大人您不也——"我不由得接了一句。

"谁都不肯抬举我啊。"说罢又是一阵爽朗的笑声,"那称号被三斋大人一个人包了。三斋大人前些日子来到京都,我们聚了一下。本来还想趁此机会让远州先生跟他见一面的,可他却总是不肯应承。

"我其实也别无他意,只是听说远州先生设计了京都二条城的庭院。可三斋大人却说,这么一个连战役是什么都不知道的年轻人怎么可能设计得好城郭的庭院?三斋大人也年满六十了,真是越来越顽固。

"很久以前还有这样一件事。听说有人约好时间去拜访三斋大人的府邸,想观瞻一下他的各种名物器具。然后发现从门口玄关到厅内最里的座位,都摆满了各种武具。甲衣、头盔、长枪、大刀。于是来者询问,武具见过了,茶具呢?三斋却回答,所谓器具就是武具。他是对这个和平时代的茶愤怒不已呢。"

只听织田大人说罢又是一番大笑:"可是,和平时代有和平时代的茶,只不过更加难而已。刚才说的那位远州先生他们的茶,大概就会朝着那个方向去吧。"

"远州先生年纪几何?"

"才三十五左右。如果他能早生几十年,还真想把他介绍给利休先生呢。"

这番谈话实在有趣，但时候也不早了。

我正准备告辞的时候，织部大人说道："上次我也向你请教过一个相同的问题。现在我依然还是对利休先生临终前的心境很是不解。如果他能稍微申辩一下，就可以避免就死的悲剧，可他却没有申辩。这一点他自己是一定知道的。然而他却没有申辩。难道他真的认为，茶就自己一代终结了也可以？他是这么想的吗？"

"……"我无言以对。

"自己的茶，就这么灭亡了最好。他是这么想的吗？"

"……"

"他早就看穿了自己的茶无法走得更远了吗？"

"……"

"他是对这个世界已经失去眷恋了吗？"

"……"

"他是怎么想的？"

"是啊，他是怎么想的呢？"我答道，"织部大人弄不明白的事，鄙人又怎么会弄得明白呢？"

又是一年半前那句相同的回答。除此以外我无以作答。随后，我又添了一句："大概，利休师是不愿做违心之事吧。"

"违心之事？"

"那些虽非出于本心,却不得不违背本心而做的无奈之举,利休师从来没有去做过。与其去申辩,不如不申辩。对利休师来说这才是最自然的,不是吗?如果想活得更久些,利休师也是做得到的。这点儿事情他肯定不会做不到。

"鄙人能说的,也就只有这些了。这是常年在利休师身旁受教的本觉坊,对先师利休之死的一种理解方法。虽然可能回答不了您的问题,但确实是鄙人这二十年来,在一片模模糊糊中感受到的东西。所以就原封原样告知了大人。可能还有更好的表达方法,可惜鄙人找不到。"

我停顿片刻,觉得还应当补充一点儿,于是又道:"诸如怨愤这样的心情,利休师应该是没有的。就好似给器物起名一样,他从来是清清爽爽的。他定然认为,就这么就好,然后才坐到自刃的场地中去。"

"可这也太难以理解了!因为被赐死,所以就觉得自刃了也好?可如果没有赐死事件,他仍然会活得好好的呀。"

"就利休师而言,大概哪种结果都是自然的吧。能活下来,那活着就是自然;被赐死,那死去也是自然。——说了这么些不着头脑的话,连鄙人自己都迷糊了。"

"……"

"这二十年来,鄙人每天都跟利休师说着话,至今还从未见过他怨愤的模样,也没有见过他悲哀的样子。只是有时候会显得有些寂寞。不过这寂寞的表情，在先师生前也偶尔会有。"

"本觉坊先生能把心底的想法相告，真是不胜感激！虽然还无法全盘领悟，但有一点是肯定的，利休先生若是想活下来，那是肯定能活下来的。他不会做不到。只是或许他觉得活着不如不活，而且对他来说，或许不活也是极其自然的。

"问题只在于，到底是什么，让他做了那样的选择？我想不通，但无疑是有原因的。本觉坊先生对利休先生的理解大抵是不会错的，毕竟二十年如一日，每天都跟利休先生对话，这不是任何其他人能做得到的。"织部大人这样对我说道。

最后又饮了一盏茶，我才从久坐的茶室告辞。

这次织部大人又送我出门外，直至广庭。

三访古织大人

年底，我来到阔别半年的京都市街。

这个年关将近的二十八日（注：庆长十九年十二月），是大德屋的一家分店店主的三年忌，我是为了这场法事才到的京都。

今秋以后，天下形势突变，大德屋分店要静下心来做场法事也实属不易。

石田治部（即石田三成）大人举兵出征并兵败关原之战是在庆长五年。其后十四年的当今，早已是德川殿下的天下。谁都不曾想到会再生变故。总之情势十分微妙。

今年以来，各种小道消息纷纷扰扰，都传到了我所在的修学院。说江户与大坂之间必有一战。听到传言当初是不信的，但谁知竟成为了事实。

所有一切都在瞬息间发生。

德川军包围大坂城是在十一月上旬。而十二月也就是这个月上旬，又听说已经议和了，心里这才稍稍安稳了些。

此时的京都市街与想象中的大相径庭，竟是一片静寂。

我还以为会跟传闻里一样是一派兵马喧嚣的场景，可实际上却嗅不到丝毫的兵火味儿。一切一如既往，市街的空气里有着年关将近的寒冷与萧瑟。

这大概就是德川殿下的高明之处，速战速决，议和也绝不拖泥带水。所有步骤都从容不迫、一气呵成。

就是在这次法事上，我从京都市街的一位手艺商那里听得了织部大人的近况，实感意外。

在这次大坂城战役开战的十一月底，织部大人竟负了伤，前几日才回到伏见的府邸。至于是怎么负的伤，这位手艺商也是听朋友的朋友说的，具体真相如何，倒也不确切。

据闻，大人是去支援一个己方阵营，应该是佐竹大人。谁想在那种炮火纷飞的险境中，大人竟绕到一排竹盾后面，只为了找一根适合做茶勺的竹子。不巧那时从城内飞来的铁炮弹药就不偏不倚砸到了竹盾上。

所以这负伤虽然是事实，但负得颇不光彩，这才使得一众闲人们津津乐道。

当我听说织部大人绕到一大排竹盾后面，去忘我地寻找茶勺，于是他的样子仿佛就真切地浮现在了眼前。

这种事他的确会做。

对织部大人来说，茶勺是绝对比战斗重要得多的东西。

自上次与大人会面以后，又过了三年多，他应早已过了古稀之年。我很想即刻就去探望大人，可诸般事由的阻碍，竟不得成行。

傍晚法事结束，我回到修学院的居所。

这夜，我与久别的织部大人第一次交谈，以自问自答的形式。不过大人仿佛真的就在面前，声音也听得见。

"大人年事已高，何苦非要去那么危险的地方呢？"

"我也身不由己啊。不过这次遭了道儿。"

紧接着又是他爽朗的笑声。这次我才发觉，他爽朗的笑声里，也并不是全然没有任何的空虚之感。

"还好，大人在德川殿下的阵营里。"

"那自然，我是德川家的茶道师范嘛。"

"可人总有站错队的时候。"

"嗯，的确。"

"不管怎样，大人不能再参战了。"

"活到老战到老嘛。年轻的时候，刀来枪去，每天在大大小小的战役里斗得不亦乐乎。都数不清到底有多少次驱马上沙场了。"

"是啊，所以现在就——"

"现在就每天活在大大小小的茶事里，不过偶尔摸摸武器也挺好，不管是输是赢。不过我是不会站错队的。每天都在点茶过日子，谁输谁赢这点儿判断还是有的。"只听他又说，"我睡了啊，虽然是小伤，还蛮疼的。"

之后就听不见织部大人的声音了，但他的笑声似乎还未散去。

一直以来，我总觉得他是一个出世的人，但这些都被他享誉天下的名声给藏匿了起来。

上次相会后这三年多来，自然地住进我本觉坊心里的织部大人就是那样一个人。他的表情总是在说，利休先生若是在世，还有好多可以做的事，可一旦不在了，就什么都做不了了。

第四章

十月二十八日,庚申,晴(注:元和三年[1],阳历十一月二十六日)

午时,我去大德屋赴宴,并与店主一同前往建仁寺。

听说建仁寺新来了一位方丈,织田有乐大人。

为了在约定的时间内到达建仁寺,我们就提前从大德屋出发了。

织田有乐大人希望在任职建仁寺的塔头期间,利用没有住持的荒废寺庙,建造一处隐居地。

建仁寺方面似乎已经同意,紧接着就是寻找合适的地点。所以有乐大人就跟大德屋相商,希望能一起去看看地方。于是我也应承了大德屋的请求,愿意跟他们一同去看。

大德屋的店主与有乐大人是什么关系虽然并不清楚,但店主作为应承的一方,近来总是有乐大人长、有乐大人短

---

[1] 元和三年:1617年。

的，显然对他很是中意。

而且店主还特别希望我能去见见这位有乐大人，好几次邀我去拜访二条的有乐府邸。但我近来并没有见陌生人的兴致，倒枉费了店主的一番好意。

前年庆长二十年的六月，就在大坂城被攻破，丰臣家最终灭亡之后，也不知到底什么原因，织部大人竟然被赐自刃，这样一件匪夷所思简直让人难以置信的事件发生了。

于是，这个世上就已经再也没了我本觉坊应见之人。

此种心绪，让我每日得过且过。

像今日这样提起笔来写日录也一样，一旦想起织部大人，总会悲从中来，心揪得久久难以平复。

织部大人那样的人，最终怎么会是那样的命运呢？

就且不提从前，只庆长十五年、十六年那两次相见，织部大人内心的角角落落，我都是明了的。我怎么会不明了呢？

在先师利休过世后，织部大人已经习惯了内心的孤寂。总是春来也孑孑，秋去也孑孑。利休先生在，才有所谓寂茶；利休先生走，还有什么寂茶？寂茶只有利休先生跟自己才懂，他人怎么会懂？

这些内心的想法，大人多少是有的。即便是三斋大人，在这点上，想必织部大人也是不会相让的。

所以，无论是享誉天下的茶道宗匠，还是将军一族的茶道师范，他其实都不在意。他在意的只有独自点茶的那个时刻，只有那个时刻他才是茶人。而其他，无论怎样都好。

定然是这样。

真希望能在一旁看到他独自点茶的样子。神情定然是摒弃杂念的一种决然，身形是不容让人冒犯的一种凛然。

这样一位织部大人，作为将军一族的茶道师范，怎么可能跟丰臣家的大坂方面私通消息呢？

就算是在战火中绕到竹盾后面去了，那也是为了去找寻适合做茶勺的竹子，怎么都跟背叛将军、在将军背后放箭这种事扯不上任何关系啊！

然而他竟被定罪私通大坂方面，并被勒令以此罪自戮。最终，竟在自家的伏见府邸自刃归西了！

当然，他曾经是受过丰臣家的恩顾，但若是为了愚忠，那在太阁殿下亡故后，他就不可能成为家康公的御伽众之一，也不会受命担任将军一族的茶道师范，难道不是吗？

世间的那些流言蜚语简直难以入耳。

此事先师利休在他界也定是看得清清楚楚的。

然而身处凡间的我，每当那些无中生有的谎言传入耳中，总会因新的义愤而感觉身心欲裂般的苦楚。

可是，织部大人在临终前竟没有为自己申辩一个字，就从容赴死了。

虽然这只是听闻，并不知事实真相如何。但如若就是事实，那该怎样理解才好？

织部大人曾一直认为利休师在临死前都不为自己申辩一句，实在太难以理解了。然而他自己的结局，却跟利休师如出一辙。

"只有一件事想弄明白，一件最重要的事情。可这件最重要的事我却弄不明白。他为何临终前一句都不申辩呢？"

织部大人的问话直到现在都会在耳旁响起。

还有这些："他是认为自己的茶，就这么灭亡了最好吗？他是早就看穿了自己的茶无法走得更远了吗？他是对这个世界已经失去眷恋了吗？他为何不申辩？我想知道他临终前的心境。"

而这正是我想用来问他的话。

把被问的利休师换做织部大人自己，再以相同的口吻大声问道，您为何不申辩呢？您临终前的心境究竟是怎样的呢？

而现在我之所以不愿去见有乐大人，还有另外一个原因。

在织部大人过世后，有乐大人却不知怎么代替他坐上了天下第一的茶道宗匠的位置。相关传闻也是极多的，虽不知真伪，但听来总是不甚愉快。

也并非出于对织部大人的知遇之恩，反正总觉得不见最好。

但这次我却即刻应承了大德屋店主的邀请，答应跟他一同去看看有乐大人的隐居地，其原因只在于一句话。是那句话让我没有了任何拒绝的理由。

大德屋店主说："还是，见一次如何？他与织部大人也是亲交，还说织部大人是追随利休殉死而去的。"

听到此话时，我不由得一怔。

虽不知他所说的"追随利休殉死而去"的正确含义，但从这句初次入耳的有关织部事件的评判中，能明显感觉到一种对织部大人的温柔的体谅。

于是我瞬时决定去见见这位有乐大人。

其他有关织部大人的传闻，必定跟谋反之类的词眼相伴，实在让人心寒。无论我怎么想，都想不出他会跟谋反有任何的关联。在喧嚣的各色传闻中，我只能忍住满腔的愤懑，缄口不语，根本无力去袒护已决然赴死的织部大人。

而"追随利休殉死而去"，这句话听起来是如此的宽厚仁慈。

虽不知其真意，但知道世间竟有一位能这样说话的人，我是极想去拜会的，一刻都等不及。

不过，这位织田有乐大人，其实我以前曾见过。先师利休还在世时，我曾从远处看见过三次。

天正十八年的年底到十九年年初，在利休师的晚年那段时间，有乐大人确实是连续三次到过聚乐府邸的茶室。一次是陪同太阁殿下午间来访，一次是跟芝山监物大人一起早间来访，还有一次也是跟人一道晚间来访。

我一直是在茶室外做些帮衬，只远远地看见他大个子的身影。当时他已经有闲寂雅者的风范了。而且就身份来说，他是惣见院（织田信长）大人的弟弟，太阁殿下的近亲，本不是我等人能接近得了的。

那之后都已经过去二十多年了。这段岁月，有乐大人是怎样度过的，我等本也无从知晓，只是一些世间的传闻，会偶尔传入耳中罢了。

听说他在兄长织田信长公过世后，就跟着家臣出身的太阁殿下。后来出家，法号如庵有乐。太阁过世后则跟着德川家康公，在关原之战中曾参与德川方作战。

后来在大坂天满屋府邸，辅佐过太阁殿下之子丰臣秀赖公一段时间。在那次冬季的大坂攻防战中，他是大坂城方面的总帅，直至夏季。但后来在城门被破之前，他逃至京都隐居起来，从京都眺望着大坂城的失守与丰臣家的灭亡。

他的茶也是跟利休师学的，其茶汤巧匠的名声，实际上比织部大人还早。

他的活法，可谓自由而奔放，充满着乱世谋生的智慧。

另外，他出身名门，品性高雅，或许这也是支撑他选择这种活法的原因。

总之，世间传闻差不多就是这样。不过传闻终究是传闻，是代替不了眼见为实的。

过了五条桥，就进入了建仁寺地区。

我极少到此地来，只见与加茂川广袤的河原接壤处，就是一大片茶园。而我们就走在接壤处的那条小路上，走在晚秋静谧的阳光下。

我们从建仁寺的西门进入，寺内几乎不见人影。

三堂排列在建仁寺的正中，周围环绕着一圈回廊。禅堂在西，方丈室在北。一片萧索之中，全然见不到往昔香客往来繁盛的踪影。

此寺经历过数次灾祸，而天文二十一年[①]十一月受创于细川晴元的兵火那次，是最为严重的。据说就是那次，寺内的寝殿、法堂、佛殿、山门、塔头、寺坊这些全被烧毁，于是就成了今日所见的这般模样。

后来从其他寺院把法堂和方丈室搬迁了过来，近来又增

---

①天文二十一年：1552年。

建了几处塔头，这才好歹维持了东山建仁禅寺应有的体面。

待我们来到方丈室与膳房的所在地后，大德屋的店主一人先进门去探听了一番，回来后告诉我说：

"有乐大人好像去了一处叫正传院的塔头，马上就有人来带我们过去。"

不一会儿，只见一位年轻的僧人前来引路，我们则跟随其后。

从宽广的境内斜穿过去，进入到一片塔头乱立的区域。这里多有树木丛林，落叶铺了一地。没有一条像样儿的路，只好踩着落叶在林间穿行。

一些寺近年来因再建而兴，另一些寺则没有住持，荒废着，直至蔓草葳蕤。还有些寺连建筑物都没能留下，已是艾蒿遍野的一片遗址荒地。

我们在最远的一座荒寺前停下脚步。这里寺域宽阔，三方都被丛林包围着。

"这就是正传院。"听领路的年轻僧人说，这就是有乐大人所挑选的隐居地。

跨入高出道路一截的院子，我们绕过破旧不堪的本堂，来到后门口。只见一大片被荒草掩盖的内庭伸展开去，其北隅一角，站着三个男人。

"大人就在那里。"大德屋的店主趋步向前，我隔了一段距离，也提步往前。

只见大德屋店主跟三人说了些什么，而后回过头来朝我这边招手，于是我才加快脚步，走到显而易见是有乐大人的那位面前，道：

"在下本觉坊。"说罢，垂首鞠了一礼。

"有劳了。"有乐大人的回话言简至此。

他看起来不似茶人，也不像僧侣，而是不露丝毫间隙的武家风范。他身材高大、健硕，除了宽阔的肩背，头、面等都大于常人。

我一直站在离他们四人稍远的地方，免得碍事。

大约半个时辰，有乐大人、大德屋店主、年长的老僧，还有一位市里的商家，他们四位一直在场地里走走停停，时不时凑到一起，而后又走走停停。

他们讨论着在这片宽广的内庭里，书院、膳房、茶室该如何取位，如何建造。

当然，如果把这里作为隐居地，前面破旧不堪的本堂想来也应该翻新才对，但这次好像并没有动它的打算。就那一片儿，作为隐居地已经足够宽广。

在一个角落里我发现一口井。凑近一看，才知道那不是古井，而是为此次兴修而刚刚挖掘出来的。

大德屋店主走过来跟我说："实在不好意思啊，你能陪着有乐大人返回方丈室去吗？我们几个得去寺里商谈一点事情，还要去一趟近处的塔头，然后才能回方丈室去。我们尽快。"

还未待征得我的同意，他说罢就匆匆折返，带了其他二人急行而去。

于是就剩了有乐大人和我两人。

等有乐大人在荒草丛中看得尽兴了，我伺机道："不如让在下陪同大人回方丈室去吧。"

"有劳了。"

有乐大人简短地回了一句，即刻大步走上了回程。而我则隔了一段，紧跟其后。

他比我年长三四岁，应该已经年过七旬，但仍然步履矫健，没有丝毫疲态。离方丈室还有相当一段距离，他始终都是以自己的步调在稳步前行，一次都未曾回顾。所以就我来说，倒是可以不用担心如何陪同的问题了。

进了方丈室的玄关后，他就跟着出门迎接的僧人往里去了，仍然没有回过头来招呼一声或者看我一眼。似乎我完全被晾在了一旁。

没办法，我只好在玄关处候着。少顷，适才领着有乐大人进去的那位僧人回转来，道："请，大人请您这边来。"

看样子，好像也并未被忘得一干二净。

我依言进入室内,在靠近檐廊处候着。有乐大人正背靠壁龛坐着。

"织部大人曾提起过你,对你礼赞有加。"这还是他第一次主动对我说话。

"实在不敢当。除却先师利休还在世的那段时间,鄙人与织部大人其实只在数年前见过两面而已。不过听大人一席话受教良多,如今仍恍若梦里。"

"织部大人过世,怕是很让你伤心吧。"

两位年轻的僧人端了茶过来,在我们二人面前各放了一杯。

见有乐大人端起了茶杯,我也端起茶道:"同饮,多谢!"

"刚才那块地你怎么看?正传院的内庭。"他问。

"很寂静的一片地,想是十分适合居住。只是会不会太寂寞了些?"

"隐居地嘛,寂寞一些的好。不过要织部大人来住,他肯定不乐意。"

"倒也是。但他现在却去了一个更为寂寞的地方。"

"正是。就连织部大人也都去了寂寞之地,你怕是更寂寞了吧。"

"多谢挂怀。织部大人的事,就鄙人来说,全然在意料之外。事情怎么就到了那个地步呢？"

"最近啊，老夫听说，之前已经有人预见织部大人注定是不会跟常人一样的死法了。说他仅凭一己喜好就把挂轴给撕毁，说他把好好的茶碗茶罐拿来摔坏了又补，还觉得好玩儿等等。他们用这些来指责织部大人，说他暴殄天物，横死也是理所当然。"

"织部大人会是那样的人吗？鄙人倒是——"

"不用在意。无论怎样的事情，如果非要往坏处去想，那说它怎么坏都是可能的。所谓茶人，就是这样，免不了被人说这说那。其实，老夫也曾以其他的理由，预见过织部大人的死，只是没有说出来而已。"

"……"

"他一直在寻找死的时机。"

"……"

"老夫跟织部大人见面，每次都感觉这个人就是在找寻死的时机。"

"……"

"难道不是吗？"

听有乐大人这么问，我却一句也回答不了，只是身体禁不住地微微颤抖起来。于是只好右手支地，颔首屈身，闭上了眼睛。

"而人，往往起心动念即是果，想什么就是什么。利休先生过世多少年了？哦对，二十四年？二十五年？于是时机一到他就抓住了，这种时机他怎么可能放弃呢？而且更让人意外的是，这个到来的时机，还跟当年利休先生那时一模一样。"

"……"

"所以他不是负罪自杀的，而是追随利休殉死而去。"片刻后，他又道，"我看这话题还是到此为止吧，这并非跟谁都能说的。何况到底真相几何也无人知晓。只是老夫这么认为而已。你认为呢？"

"这样的事，就鄙人是想不明白的。知道织部大人的最后一程时，我是止不住的感伤。世人都以为是他要谋反——"

"谋反啊，谋反就麻烦了。除了他本人谁都弄不清。不过，大概织部大人自己也是弄不清的吧。他周围的人或许采取了些行动。但如果他本人不知情，是完全可以申辩的，可他却没有申辩。"

"这又是为什么呢？"

"是怕麻烦吧。点茶一认真起来，其他的都是麻烦！更何况他好不容易等到了那么好一个机会。利休先生当初没有申辩就归西了，于是他就觉得自己也应当如此。这就是所谓殉死。"

这些话我听来似乎明白，又似乎不明白。不过听得出有乐大人的这些话里，没有任何要去伤害织部大人的意思。

"是很艰辛的吧？"我问。

"艰辛倒不至于。"

"可他跟家人都断绝了关系。"

"在那种情势下，还是与家人断绝关系的好。清清爽爽的。老夫当初就是因为没有跟织田家断绝关系，后来大家才吃尽了苦头。老夫也吃尽了苦头，儿子们也吃尽了苦头。有位三斋大人——三斋大人你可认识？"

"先师利休在世时，曾多次见过，不过都是很久以前的事了。"

"这位三斋大人，对家的看法可是有独到见解的。自己家就是自己家，不是从属于织田家、丰臣家的。如果只有一个可以留存于世的家系，三斋大人认为一定是跟自己血脉相连的父亲幽斋所传的细川家系。

"三斋大人在这点上大概是不会含糊的。而其他家系谁兴谁亡，则不在他的关注范围之类。不过这也是老夫自己的一点儿看法而已，跟三斋大人无关。"

少顷他问："山上宗二呢？"

"鄙人没见过宗二先生。不过宗二先生在小田原时写的一本茶的奥义，我曾从江雪斋大人那里借来抄录过一本。现在，抄本还在我手头。"

"江雪斋大人也过世了啊。"

"是，过世都八年了。"

"宗二先生过世多少年了？哦对，二十七年了吧。虽然不知道他怎么切的腹，但被那样一张异样的脸盯着，后来去验尸的人怕是吓都吓死了吧。"

"他真的自刃了吗？"

"没错。"

"江雪斋大人认为他可能逃遁在外。"

"山上宗二不可能逃遁，他没有逃遁的才能。他从小田原城里大摇大摆地走出来，若无其事站到太阁殿下面前。这还算好，可之后他说了一段话。到底说了些什么不清楚，老夫倒是极想听听。总之这些话让太阁殿下雷霆大怒，于是被赐自刃。"

他稍作思索，接着又说："宗二也切了腹，利休先生也切了腹，织部大人也切了腹。所谓茶人可真是不容易啊，稍微像模像样一点儿的，都切了腹。好像不切腹就不是茶人一样。以后该没有茶人会切腹了吧。已经没有了吧。还会有谁？"

有乐大人看了看我，道："不用担心老夫，老夫是不可能切腹的。不切腹照样是茶人。"

这些话听得我一怔。没有点头附和，也没有开口插话，只一味沉默着。

"什么时候来老夫的茶室坐坐？你也没别的地方可去了吧？来帮老夫看看茶具。"

"请恕鄙人什么都知之甚少。要是能在茶具上帮点儿忙，鄙人很乐意前来。正如大人所言，鄙人已无处可去叨扰，多谢大人不弃。最近鄙人听说利休师的一种叫'正风'的古典茶汤很受欢迎，请问是吗？"

"或许吧。不过要说古典茶，那比利休先生更久远的时代的茶也算。或许退到那些时代，就不用担心切不切腹的问题了。"他说罢大笑起来。这是首次听到有乐大人的笑声。笑声嘶哑，而脸上则有冷峭之感。

这时大德屋店主走进了房间："让您久等了。普光、定惠两院的僧人也一同前来了，您看怎么办？"

"让他们进来吧。"

有乐大人说罢，我借机起身，并郑重告辞。

回到修学院是下午五时。近来白昼变得短了许多，这时的天都差不多黑尽。

我点上灯，把炉火燃起，而后就坐在炉边一动不动。最近没有哪天比今天更累。我倒了一小碗酒，缓缓送入口中，思绪茫然。

有乐大人简直把我累死了。他是我之前从没有见过的类型。

我弄不清他到底直率与否。你刚对他的说法感同身受，可很快就会意识到被扭曲了，变了。而你刚想对他的发言表示反对，可踌躇之间，他的下一句就成了直接撞击你心灵的东西。

一席话听来，中途什么时候点头，该不该点头，竟全都没谱。

对织部大人，他是在褒扬还是在贬损，也让我难以判定。对利休师也一样。

我弄不清他是敌是友。

觉得他好像是站在自己这边的，过一会儿觉得又好像不是。最让人不解的是后来的那阵大笑。

那究竟是在笑什么？

很晚了我才吃饭，之后又在炉火旁坐下。

有乐大人的话在脑子里绕来绕去不肯离开。

他说织部大人一直都在寻找死的时机，这听来是有道理的。他说织部大人自刃，"不是负罪自杀，而是殉死而去"，这可能也是真的。

后来他又说:"宗二也切了腹,利休先生也切了腹,织部大人也切了腹。所谓茶人,像样一点儿的都切了腹。不过老夫不会,不切腹照样是茶人。"

这话又是什么意思?是在褒扬切腹而亡的宗二先生、利休师、织部大人吗?还是在贬损他们三个?

我起身离开炉火,去点燃了里间佛龛的灯。

佛龛前放着利休师所赠的黑茶碗。还有织部大人过世后分得的一条,他所用过的拭茶碗的小绸巾。绸巾旁,是《山上宗二记》的抄本。

今日有乐大人说宗二先生也是自刃而亡的。如果属实,那佛龛所祭祀的三人都是切腹去往他界的了。也就是说,三位切腹归西的我的师友,都在这里。

回到炉火旁,我又往碗里倒了些酒。

我本是个不会喝酒的人,所以也不觉得特别美味,只是一小口一小口送入嘴里,会觉得比较容易把情绪稳定下来。

我呼唤了一下利休师。没有任何声音回应。

织部大人!也没有回应。

宗二先生!这是我第一次呼唤,还是没有任何声响。

当然了,我自己并没有准备好答案,这种自问自答是不可能出现的。

入更之后,我再次走向里间的佛龛处。白天,有乐大人说的一些话可能会让利休师不高兴，我去道个歉。还有佛龛的灯，我想让它多燃些时候。

我推开里间隔扇时，不知什么时候佛龛的灯火已灭，屋子黑乎乎的。

于是我回到炉旁，拿烛台点燃，再起身走进里间。佛龛近处的墙上映着我的阴影，正摇摇晃晃如秃头怪。这让我再次想起妙喜庵那次遥远记忆中的一夜。

重新给佛龛点上灯后，我就坐在佛龛前，望着周遭的一切。左手拿着烛火，所以秃头怪移动到了右边的墙上。

那个妙喜庵的夜晚，壁上挂着"死"字书轴，而今夜却没有。不过，曾在座的利休师，还有举着烛火的山上宗二，他们二人已经身体力行，亲自进入了"死"字书轴里。

另外还有一个席位，那时我无从辨别，之后很长一段时间也无从知晓，但现在却是清楚的。是织部大人。除了织部大人以外，别无他人。而这位织部大人，也最终成了"死"字书轴里的第三位。

那个夜晚到底发生了什么，一直没能弄明白。如今想来，却觉得为何如此显而易见的事情会一直弄不明白呢？

那个夜晚坐在那里的三位之间，一定是达成了某种生死的约定。这种约定，并未借助于语言，而是三位各自心领神会的一种无声的誓言。或许，三人此后相似的命运，已经全都在这个夜晚,在那个瞬间,注定了。

——"'无'不灭,'死'则灭!"

这是山上宗二先生在妙喜庵的茶席上说的话。而这'无'不灭,'死'则灭的事情,在座的各位都一一以血肉之躯去实践了一回。

可所谓"灭",究竟是"灭"的什么呢?茶人要以"死"去灭的东西,会是什么呢?

有乐大人今日说,织部大人一直在寻找死的时机。

定然是这样的。

织部大人最终也追随宗二先生、利休师而去,遵守了他们之间达成的妙喜庵的盟约。其间,他或许曾有过不解或动摇。

有乐大人说他是"殉死而去"。"殉死"的说法大抵也没错,不过,可以更加准确地加以表达,织部大人终于实践了他年轻时在妙喜庵所达成的盟约。

——"老夫是不会切腹的!不切腹也是茶人。"

有乐大人这句话说得郑重其事。对于没能加入盟约的茶人来说,这种严肃的态度或许是必不可少的。

定然是这样。

我在夜半一点睡下,很快就睡着了。但很快又在两点醒了过来。

窗外，有枯枝败叶在强风中呼呼作响。雨窗啪嗒着，房子也晃悠着。听着枯枝败叶的声响，我琢磨着因"死"而灭的东西到底会是什么。

四点，我再次从恍惚中醒来，干脆坐起了身。然后脑子里又开始思索那因"死"而灭的东西究竟是什么。

而后我起身，走出屋子，来到凌晨至暗的庭院中。

半夜被狂风卷起的枯枝败叶，此刻悄然沉寂下来。

或许秋季在昨夜已经结束，周围是一派逐渐深入的冬的气息。

因"死"而灭的东西，因"死"才能灭掉的东西，究竟会是什么？

对本觉坊我而言，此问过于沉重，或许要困扰自己相当长一段时间了。要从这种困惑中脱身出来，也许去拜访有乐大人会是一个不错的解决办法。

这位有乐大人，即便是以他自身的说话方式，大概也会帮我找到此问的答案。

八月三十日丙戌晴（注：元和四年，阳历十月十八日）

今天是织田有乐大人在正传院内修建的隐居地竣工的日子，我跟大德屋店主一道去拜访了回来。

去年秋，大德屋店主邀我同去探了探有乐大人的隐居地点。那之后已经过了将近十一个月。

这十一个月之中，我曾随大德屋店主去建筑地看过两次，一次在初春，一次在立秋前的长夏。两次去看的都是庭院的植株与铺路石之类。

大德屋好像应承了庭院设计这块儿，跟园艺店常有联络，但我却完全是看客。这两次我都在建筑地见到过有乐大人，虽打了招呼，可像样儿的寒暄话却一句也没说上。

只见有乐大人一直进进出出、忙里忙外，那高大魁梧的身躯仿佛有几个都不够用的样子。

我午时从修学院出发，到市内的大德屋见过店主，然后跟他一起往正传院走去。

今年比往年更加暑气逼人，不过这两三天已经秋意渐浓。

我们沿着加茂川河原一直走，跟往常一样从西门而入。在往正传院去的路上，道路两旁的露地缤纷绽放着一些胡枝子花，好一派自然的景观。

有乐大人兴许也是看中了这些才下的决定吧。

来到小别数月的正传院前面，只见寺内已经容貌大变，无论何处都再也见不到起初那种荒凉的踪影。我们走过打扫得干干净净的前庭，绕过本堂。

一年前那片蔓草葳蕤的内庭，已焕然一新，显然变作了一处如宫廷般气质高雅的园庭。在园庭北边建了三栋木房，书院、膳房与茶室。

"虽说是用来隐居的，但作为有乐大人的隐居地，至少这些还是应该齐备的。"大德屋道。另外，他还告诉我，有乐大人还会交给定惠、普光两院每年十五石大米作为此地的租金。定惠、普光两院的住持会每年轮番成为此寺的管理者。

我先看了外景。有几位园艺师还在干活儿的样子，但看起来几乎已经完工。无论茶室的外观，还是园庭的气氛，都是连微小处都考虑得极为妥帖，实在不得不让人感言。

不过在我本觉坊看来，氛围明亮是好，可总感觉其光芒过于炫目了些。

不得不说，这与寂茶怕是无缘了。利休师如若见了，会说些什么呢？或许会意想不到地大加褒扬，或许会尖锐地损而贬之。

茶室的木檐板上写着大大的"如庵"两字，这大概是利休师绝对不会做的事情。以自己的名号命名茶室，还如此大张旗鼓挂上檐板，实在不符合师尊的性情。

不过除却这点，其他的一切都是不错的。茶室从建筑上看，整体显得紧凑而精致。

问题在于庭院里放置的那些飞石，似乎太大了点儿，也太多了些。如果利休师——

算了，还是作罢吧。人家有乐大人好不容易建了一处称心如意的隐居地，也无须我在这里说东道西。

我看过园庭外景以后，正准备去茶室瞧瞧。这时消失了半晌的大德屋出现在面前，道："有乐大人现在正在书院，说傍晚以后带我们去茶室，所以暂时还请不要进去。"

接着又听他说："另外他说还有需要帮忙的地方。从二条府邸搬来的一些书轴与茶具现在还杂乱堆放在书院，希望先生能帮着整理一下。"

于是我去了书院，跟有乐大人打过招呼后，开始整理起那些堆积在书院的小房间檐廊上的书轴与茶具来，把它们一一分门别类，放入储物间内。

有乐大人自己也在忙进忙出。近处的塔头那边好像有什么事，于是他带了一人赶了过去。

半个时辰过后，茶具类都差不多收拾妥帖，随后我便去了膳房，跟着其他来帮忙的人一起，在一片杂乱中开始忙晚膳。

窗外不知何时已经夜幕降临。这时，书院来人传话，说可以去茶席了。于是我跟大德屋店主两人一同，从水屋入口处进了茶室。

点茶座上有乐大人已经坐定。室内只有烛光，无法看得仔细，但能感觉到与我平素所熟知的茶室是不太一样的。

在招呼寒暄之后，我开始环顾四周。茶客的席位是两叠，点茶席位是一叠，点茶席前有一块用于间隔的木板，还有花头窗。这无疑是我以前从未见过的茶席。

有乐大人开口言道："今后一定让二位在白天好好看看。今夜没有书轴也没有花瓶，不过点茶还是没问题的。怎么样？坐在茶席的感觉。"

"很是惬意呢。"大德屋店主回答道。

"这段时间给二位添了很多麻烦，真是有劳了。"有乐大人道，"有秋虫的声音。"

的确，秋虫声此起彼伏，不是一只两只，而是无数只。茶席被一片虫鸣包裹了起来。

我接过有乐大人点好的茶。炉是向炉，茶碗是井户茶碗。

"昨夜请了寺里的诸位喝茶，今天是第二次。搬迁之中多有不便，但茶碗总是不离身的。"有乐大人这样说道。

"这就是您一直以来爱用的井户茶碗吗？"大德屋店主问道，而后又叹，原来这井户茶碗竟这么大，这么华而不奢，真是堂堂然一只好碗。

"还有这个，算是织部大人的遗物了。"有乐大人说罢，把所用的茶勺拿来给我们看,"织部大人的茶勺,真不愧是切了腹的!"

没想到这茶勺竟如此强韧,比利休师的茶勺硬了许多。他潜在的性格之中,也是有这样强硬的一面吧。我感觉好似跟织部大人久别重逢了一般。

"等全部安顿好了,再请你们来好好看看茶具。这两三年一直忙忙乎乎的,看茶具都没时间。不过等安顿好了也不迟。到时候再请二位过来。"他说道,"茶具这种东西可真是好啊,不会变。都说茶人是有心的,但终究靠不住。相较之下,还是茶具好,不会擅自改变。信得过。"

他稍作停顿之后,接着又说:"不过话说回来,茶具还是得看跟什么人。"

这就是有乐大人的说话方式。

"被一些怪人收了去,躲一旁哭泣的茶具也多的是。茶具是会哭出声的,比秋虫的声音听来更加寂寞。有时候啊,哭声会传入耳中。快放我出来!快放我出来!"

他又接着说道:"最近啊,织部大人的茶具在哭。老夫听得见,也在说放我出来,放我出来。可有些是没有办法放出来的。"

织部大人所持的茶具后来怎样了,我无从知晓。但织部大人自己的命都如烟如云般散了去,那他的茶具凌乱地四散开去，怕也是没有办法的事。

可有关织部大人的话题实在让人心酸，于是我打算改换一下。

"真是安静啊。"我这样说道，周遭的确是深入骨髓的静寂。

妙喜庵的茶室，在那个秋夜也是静寂的。呃不，那应算作冬天的茶室了，是冻僵了的冬之静寂。

这才是秋天的茶席。

"老夫就是想坐在这样静寂的位子上。多亏二位才得以建成。大家都说，这该多冷清啊，可老夫却并不觉着有多冷清。"

"可是，还是足够冷清了呀。说实话，这样安静的茶室，鄙人还是第一次。"

有乐大人马上就接话道："那当然了。跟利休先生的聚乐府邸可大不相同。"

"先师利休说不定其实心底里也是喜好这种茶室的。"

"难说啊。这种茶室即便他的确喜好，可也是坐不进来的。因为他没法儿从太阁大人那里抽身出来。那可是很麻烦的一件事。像他那样，茶就不好玩儿了。"

话题又换作了利休师，所以我打算又换一换。

"对鄙人来说，这么宽的茶席也是第一次。"

而后大德屋店主道:"以前总是听人说茶室是越狭小越好,不瞒您说,我曾也是那么认为的。可今日才算开了眼,能坐在这么宽的席位上悠闲地饮茶,自然是比狭小之地舒服多了。真不愧是高规格建筑,直让人心悦诚服。"

"狭小有狭小的好处。不过老夫还是把茶室建成了一个可以悠闲自得的玩儿处。要是建得小了,那就得专注于比试了。要专注比试,那除了赢就是输。就跟利休先生一样了。有被赐死的危险。"只听他又谈及了利休师的话题。

大德屋店主问:"当初利休先生为何会被赐死呢?"

我以为这问题对有乐大人来说也是极为难的,却只听他即刻便回答道:

"哦,为何会被赐死这个问题嘛,虽然老夫不知道公开的理由是什么,但这也很简单。先问个问题,太阁殿下究竟去了利休先生的茶室多少次?"有乐大人向我问道。

"是啊,有多少次呢,几十次,或者几百次吧。小田原战役那段时间,在箱根的茶室,殿下几乎是每天都会到利休师的茶室里坐坐。"

有乐大人听后,说:"反正不是几十次就是几百次。而太阁殿下每次进入利休先生的茶室,都跟去领死一样。被夺了大刀,又被灌了茶,还不得不对各种茶碗心悦诚服。反正,殿下每次都输得很惨,跟领死一样。面对这样的对手,太阁殿下一生之中，总会有那么一次想赢回去，想致对方以死地的时候吧。难道不是？"

有乐大人这样反问道。我弄不清这话里有几句是真，又有几句是玩笑。

而后大德屋再次提问："要是他向太阁殿下请罪的话就用不着死了，可他却是个硬骨头。有段时间大家都这么说。"

"没错。"有乐大人面色不改继续说道，"利休先生见证了很多武人的死。到底有多少武人，曾喝过利休先生点的茶，而后奔赴沙场的呀？又有多少人就那样战死沙场，永不回还的呀？见过那么多的鲜血与死亡，利休先生怕是自己都不肯相信自己能寿终正寝的吧。难道不是？"

连这样的内容，有乐大人说起来也是稀疏平常的样子。他的表情俨然在说，这难道不是显而易见的吗？

可之后他又说：

"不过利休先生真是了不起啊，天下那么多茶人，但能跟他比肩的，没有。他只走自己的路。他只点自己的茶。他把休闲的茶变作了不能休闲的茶。可也不是禅茶，他的茶室不是悟禅的道场。而是切腹的道场。"

他稍作停顿："还是到此为止吧。一想到利休先生，老夫就睡不着了。"

有乐大人这一席话，令我有种茅塞顿开的感觉，很是清爽通透。原来有乐大人的确是站在利休师这边的。他或许还是最了解利休师的人。

接着我们又喝了第二碗茶。

第五章

今日，利休师的孙子宗旦先生，竟不远千里亲自光顾了我这偏僻之地，真是不胜惶恐。

半月前，我曾去拜访宗旦先生新建的茶室。二十多年未见，那半日重逢实在过得愉快，简直分不清是梦还是现实。

那时，宗旦先生让我告知他一些事，在太阁殿下的大型茶会中所见的至今仍印象颇深的一些事。于是之后的半个月间，我一直都在找寻陈旧的笔录之类，希望能增加一些记忆的准确性，以助宗旦先生一臂之力。

但无奈实在年代久远，不知我的描述能否让他满意。

无论怎样，我得尽心尽力而为。

最近总是觉得，我本觉坊能活到现在，真是老天有眼！

我做梦也没有想到，竟然还能见到宗旦先生。

先师利休的家人后来的境况，我若是想知道，去各方面打听，也并非会全无音信，但我终究是没能做到。

可事情就是这么突然。

当我偶然听说，宗旦先生在京都的市町开了一间一叠半的茶室时，惊愕得怀疑自己是在做梦。

今年是元和五年，先师利休过世已二十八年。

这些年来，可称作利休之心的闲寂雅，尽管钻入地底，化作了地底下的一股极其细微的潜流，但终究是没有断绝，还在无人知晓中兀自流淌。

如今，它忽地冒出地面，其英姿竟让人无比的诧异。连我这老残之躯也是惊喜若狂，恨不得即刻就飞身过去。而时间也刚好是在利休师的祥月——二月。

或许是师尊地下有知，撮合了这次相见。

这么多年未见宗旦先生了，真是喜不自胜。

祖父利休的惨事发生时，听宗旦先生说他那时十四岁。这一路走来想必是十分辛苦的。我本以为那时的宗旦年纪尚幼，但若已经年满十四，那他心底里的创伤该有多大啊。

那次事件之后，我在仿佛突然失去光亮的那所府邸里呆了数日。后来也没跟任何人打什么像样儿的招呼，就悄然离开。之后再也未跟宗旦先生见过面。

这次相见，令我无比激动而语塞。

眼见着宗旦先生那么优秀，静静地坐在席上，我只觉得今生能苟活至此，真是太好了。

请恕我失礼谈及先生的年纪。先生不过四十出头，但其风格已颇为老成，无疑是将继承祖父利休之志的。先生点茶时，那酷似祖父利休的豪迈手法，让我的心底里不禁又燃起了新的希望。

先师利休的闲寂茶，后继有人了。

今后的路，依然是荆棘丛生的吧。

在当今这个时代，要选择继承祖父利休之志，决非易事。但只要宗旦先生下了决心，一定能大成。

利休师的正风茶道，本就应该是茶道主流啊。

我是多么希望能看到先生大成的那天！能吗？

近来我的腰腿越来越不灵便。而先生正是替我这老骨头着想，才不远千里，亲自前来我这陋室，真是折杀我也！

至于宗旦先生所问及的太阁殿下的大型茶会，我虽不知该怎么说才好，但我当然也只能说说我眼中所见到过的东西。太阁殿下和先师说过的那些话，我都应当不掺杂任何个人情绪，看见什么听到什么就说什么。

可这对我而言，毕竟是从未设想过的事，做起来并不容易。

自从利休师被赐死以后，太阁殿下对我来说是一种特别的存在，只有憎恨，而没有任何其他。事件以后，至今这二十八年间，我的脑子里从未有一时半刻浮现过太阁的影子，即便硬扯进脑子里来，也会立刻被驱逐出去。

聚乐府邸或是妙喜庵，我曾多次见太阁殿下入席。小田原战役时，箱根的茶席上也曾多次见过。

可我总是拒绝去回忆那些片段。

一旦想起太阁殿下，我总会摇摇头。是真的摇头，想把他尽快驱逐出脑海。太阁殿下对我而言就是这样一个人。

不过这次是宗旦先生要听太阁殿下的事，所以我要尽量忍耐着，尽量不去憎恨，尽量地去尝试把所见所闻所感都以公正的口吻说出来。

这就是这半个月来我一直在做的事。

只要是宗旦先生想知道的，是宗旦先生觉得有必要的，我都将逐一加以叙述。相助于先生，是我莫大的荣幸。

我陪同利休师出席太阁殿下的茶会次数，是屈指可数的。而且究竟能否用出席二字还有待商榷，因为我顶多只是从水屋眺望一下茶席，听听席间各位大人们的说话声，再从茶道口看看席间各位的动静而已。

而这些茶会中，至今仍留存于心的，大概就是那次天正十二年[①]十月十日在大坂城所举行的新茶茶会了。

茶会场地足足有五十叠之大，共设有九处席位。每处席位的台棚上都配备了风炉、茶釜与水罐。

[①]天正十二年：即1584年。

利休师、宗及先生、宗久先生等九位茶道宗匠以抽签的方式决定座位顺序以后，就各自拿了壶与茶碗，去各自的席位上坐定。而后九只新茶茶罐由九位茶头一齐开封。

茶罐有四国、松花、舍子、佐保姬、双月、常林、公方、优昙华、荒生。

这些都是六斤、七斤、十斤装的名贵茶叶罐。很可惜我并未在现场亲眼看见，不过席间紧迫的模样，仅凭想象，心都像被紧紧抓住了一样。

正所谓壮观，正所谓庄严，席间的空气都好似被撩拨的琴弦，稍一碰触，就会化作琴声反弹回来。

九只茶罐一齐开封，这种大型盛事很符合太阁殿下的习惯。他很喜欢前无古人的这种阔气手法。

接下来开封后的新茶茶叶将用茶臼磨碎，这大约需要半个时辰。这段时间，太阁殿下则移步别室的上座，与诸位大人一起开始热闹的酒宴。

我一直用太阁殿下这个称呼，不过那时候他还不是太阁，也不是关白，但其威势在天下已无人争锋。明智光秀兵败山崎是天正十年[①]，柴田胜家兵败贱岳是天正十一年。

而在兵刃之声渐弱的天正十二年，就举行了这样一次盛大的新茶茶会。

[①]天正十年：即1582年。

参加这次茶会的人到底有哪些，很可惜我并没有任何记录。茶具也定是一众天下之逸品，很可惜也没有任何记录。

有记录的仅是茶罐，我可真是糊涂！

茶叶磨碎以后，装入茶筒里。待点茶准备就绪，酒宴席上的诸位就又一同移步回到茶会场地，一时间人声鼎沸。

太阁殿下首先用过一盏，之后，其他诸位应该是以传饮的方式品尝新茶的。而且太阁殿下应当移步过两三处茶席。

饮茶完毕后，诸位又回到宴席间，开始开怀畅饮起来。

其实准确说来，这不是茶会，而是热闹而快活的酒宴。

那天我见利休师也始终是与太阁殿下和睦相处的。

新茶茶会后第五天，即十月十五日，同样在那个大坂城的茶会会场，又召开了一天的茶会。

说是一天，但准确地说是从午时至申时。

这天也有这天的热闹。

壁上有玉涧的夜雨图，挂轴前放着舍子大壶。台棚上有尼崎茶托与尼子天目茶碗。茶头有利休师、宗及先生、宗久先生三人，三人轮流坐于点茶位。

当天的与会人员我都作有记录。

松井友闲、细川幽斋、今井宗薰、山上宗二、小寺休梦斋、住吉屋宗无、满田宗春、高山右近、芝山源内、古田左介（织部）、松井新介、观世宗拶、牧村兵部——这些都是当时茶界首屈一指的名家。

或许五日前的新茶茶会他们或多或少也有出席，但如那日般名家齐聚，实属少见。

还有宗旦先生的父亲千少庵先生、同族的万代屋宗安先生，我记得他们都在。

这天的茶会，也像是某种祭典一样，令人兴奋。

茶会前后也有酒宴。这席间的热闹，怎么说才好，就好似走马灯上的画儿一样。大家都很年轻，高山右近才三十多岁，古田左介也不过四十出头，每一位都是那么年轻。

想想也是，都三十四五年前的事情了。

而这多位茶人，现今若不是茶道大家，就是已经作古。

前段时间听说今井宗薰先生还健在。记得他跟我应该差不多同岁吧，不久就要满七十了。可惜除了这位宗薰先生以外，其他诸位——

观世宗拶先生是最先离世的，其后又有宗二先生、利休师的自刃，然后是宗及先生、宗久先生各自离世，后又经二十多年的时光流逝，当时茶会里还十分年轻的高山右近、古田织部两位也先后遭遇了惨烈的命运。右近大人被流放国外，织部大人则是以那样一种方式去往他界。松井新介、牧村兵部、芝山监物这几位与利休师有过亲交的武门人士也都是在二三十年前就过世了。

除此以外，太阁殿下还举行了一次有太阁特色的更为浮华更为阔气的新年茶会。时间在刚才讲述过的天正十二年十月的两次茶会之后两年，即天正十五年正月三日，地点仍然是在大坂城内。

举行的无疑是新年茶会，只不过我记得这同时也是以一位从博多前来的茶人神谷宗湛先生为中心的茶会。

那时有众多的大名、小名参加，当然堺商们也都齐刷刷地来了。

茶头是利休师、宗无先生、宗及先生这三位。茶席的装饰、每个台棚的装饰都是迄今为止最为豪华奢靡的。

中间，壁上挂着玉涧的青枫图，前面放置着价值四十石的茶罐。右边斜对面，壁上挂着同是玉涧的远寺晚钟图，前面是抚子茶罐。左斜对面，壁上还是玉涧的平沙落雁图，前面是松花茶罐。

茶罐盖着淡绿的金花锦缎，还披着红绳结。

而配得上这类装饰的茶具，那肯定是极品。三位茶头的台棚上，真可谓是天下名器荟萃。加上茶客席上坐的也都是世间声名卓著的大人物，行起茶来，想是特别不容易的。

在欣赏完各类器物以后，就开始午膳。

因为客人极多，宴席间总是熙熙攘攘。而我也幸运地成为"配膳伙计"，曾往返于宴席间多次，席间的景象，总算是亲眼见过。

可石田治部（石田三成）大人竟也做了配膳伙计，当时的杂乱场景可见一斑。

在一片嘈杂之中，最为瞩目的还要属太阁殿下（当时称关白大人），对他当日所穿的衣裳我还做了一些记录。

"身着公卿用绸缎的小袖，外穿白色纸衣道服，背面有海棠，红色缎带束腰，腰带结的一端长长地垂落，直至膝下。头发并未束结，只用缩罗质地的淡绿色布裹起。着身的衣物很长，即便起身，也见不到腿足。"

几乎就是这样的装束。要说极美的确极美，要说异样也的确异样。就好似正在舞台演出的人穿着戏服直接坐到了酒宴上一般。

酒宴还好，可酒宴结束就是茶会，殿下仍然只能以这种装束坐到茶席之上。

我虽未曾亲眼见到，但后来听利休师说，他把价值四十石的茶罐赠送给了那种装束的太阁殿下。

师尊是以怎样的表情点茶，太阁殿下又是以怎样的态度端起茶碗的呢？

若说太阁殿下态度孤高、旁若无人，那定然是差不离的。但他即便是旁若无人，那也是做到了天衣无缝的旁若无人。

这样看来，利休师其实也是觉得多少过分了些，不过不到厌恶的程度，还能自始至终与其和睦相处。当然这只是我个人的片面推测罢了，作不了数的。

大坂城内还有一处两叠的茶席——山里茶室，那天太阁殿下大概也是要造访的。这间山里茶室，或许有人会以为是太阁殿下为面子才建造的，但事实绝非如此。

太阁殿下实际上也是一位他人所不及的闲寂雅的高人，他对山里茶席与妙喜庵茶席的真心喜爱，是绝不落人后的。

我这样说，听起来好像是突然袒护起一个二十八年来除了恨以外没有其他感情的人来似的。但这确实是我自身在先师赐死事件之前，对太阁这个人所抱有的一种模糊的印象。

至于赐死事件所带来的愤恨，则是另外一件事。

总之，愤恨归愤恨，太阁殿下本人的那些真性格，说是天真烂漫也好，说是不拘一格也好，说是大度也好，才是我今天想要确切转述的内容。

就跟利休师多少忍耐着与太阁相处一样，我本觉坊也多少忍耐着与天正十五年正月三日的那次前所未有的大茶会，或者叫大酒宴的这件事相处一下吧。

太阁殿下这个人，有着完全相反的两种性情。

他可以在狭小的茶席上静静地托起茶碗，也可以对众多的茶人宗匠颐指气使，再闹嚷嚷地寻欢作乐。而寻欢作乐也并非单纯因为喜欢，他一定是知道偶尔的寻欢作乐也是必要的。

为了凝聚武人之心，为了令其心不随意离散，还为了令其无怨无悔奔赴沙场，这样一场以茶会为名的大酒宴一定是必要的。如果连这些都不懂，他怎么能够从一介无足轻重的下级步卒，一步步爬到关白大人的位置，进而荣登太阁殿下之位呢？

对这样一位太阁殿下，利休师也定然肯定过他的优点，而愿意助其一臂之力。

堺市的商人在必要的时候会对堺市的茶人极好，博多的商人在必要的时候也会对博多的茶人极好。太阁殿下也是这样。利休师对此并不着恼，仍然愿意助其一臂之力。

太阁殿下是太阁殿下，闲寂茶是闲寂茶，两者是独立存在的。而要开拓闲寂茶之路，借助太阁殿下之力也是必要的。相信太阁殿下对这点也心知肚明。

这次天正十五年正月三日的大茶会，以及两年前的新茶茶会和五日后的热闹茶会，多位茶人都在这些茶会上露了脸。有古田织部大人、高山右近大人、山上宗二先生，还有很多就此深入茶道之门的武人们。

我这样讲述着这场盛大的茶会，讲述着茶会的中心、那位穿着奇妙装束的太阁殿下，眼前又好像看见了一幅又一幅的走马灯图案。

那些遥远的曾经的景象又再次一帧帧鲜明地浮现出来。

做了配膳伙计的石田治部大人，点茶又奉茶的住吉屋宗无先生，远道而来的客人神谷宗湛先生，细川幽斋大人，还有站起身来手势夸张又开怀大笑的太阁殿下，他们都在走马灯图上，在我眼前骨碌碌地转着。

然而这些图总让人心感空虚而寂寞。

难道是因为图里出现的大多数人，都现已作古？

要说空虚，太阁殿下是最让人感觉空虚而寂寞的。他因何目的要穿着那样奢华又奇异的装束呢？正如前文所述，或许在三十二三年前，那样做确实是有其独特含义而且必要的，只是如今看来，除了空虚寂寞以外少有其他而已。

或许，对那段时期的太阁殿下，无论怎样去褒扬也大都是无意义的吧。

到底是世事变幻莫测。

曾身着长裙，发不束结，只用淡绿布裹起，红腰带一端垂落至膝的太阁，那位喜欢浮华喧嚣的太阁，如今已是家破人亡，族人尽死。家臣也一半战死一半成了敌人。

他的得力助手，曾混在茶会上做配膳伙计的石田治部大人也是，究竟为何会落到那步田地？发起关原之战的时候还算好，可谁知最终竟丢了卿卿性命？

那些我未能记住姓名的大名、小名们，也在走马灯图里极尽欢愉之态，他们可曾知，等待他们的还有关原之战、大坂城冬季战、夏季战，这些性命攸关的战役，他们都平安度险了吗？

有人平安度险，也有人中途殒命。

而那些平安度险的人，如今仍然在世的怕也不多了。

不知怎的，我竟感觉如此悲观。

太阁殿下正如前文所述，有着很多超越常人的东西，然而在肯定的同时，我仍然无法消除对他的憎恨。

另外还有一事，是在谈及太阁殿下的大茶会时无论怎样也需提到的事。

就在正月三日举行大茶会的同一年，天正十五年十月一日，在北野一地举行了另外一场极其盛大的茶会。

宗旦先生是天正六年出生的，那时还只有九岁十岁，可能对京都市街的这场热闹并没有什么印象。

正月茶会之后，过了十个月。

这十个月对太阁殿下来说是极其繁忙的一段时期。出兵关东、征伐九州。待这两件大事告一段落可以歇口气时，盛大茶会就开场了。

在太阁殿下的一生之中，这段时期或许就是他的势力巅峰了吧。天下一统的事业已经基本完成，而且还尚有余力去征伐海外。

此时的太阁殿下年纪五十左右，正是一个男人的鼎盛期。

虽然记得不甚清楚了，但一个大意如下文所述的告示，已在一个月或一个半月前就张贴于各处了：

"从十月朔日始，十日间，茶会将于北野松原举行。不分身份贵贱与贫富，无论随从、手艺商还是百姓，谁都可参与。凡是手持茶釜一只、吊桶一只、茶碗一只的人，均可参会。如若无茶，炒粉亦可。座席为榻榻米二叠，若无，可用草席代替。只要心怀闲寂雅，不分日本人或外族人。大明人亦可参会。"

我记得利休师也曾为此忙乎了很多时日。怎么说这都是一次史无前例的盛会，而且已经公告天下，那必然是要办成功才行。

作为太阁殿下的茶头，利休师、宗及先生、宗久先生定是劳心又费力的。

在正式开场前两三天，我陪同利休师前往北野的松原。

只见北野神社一带已经被各种各样新搭建的茶屋占满，再无一处空地。各色茶屋之间，往来着木匠、木箱搬运工等，一派熙熙攘攘之景。公家的茶屋、手艺商的茶屋，都各自为战。堺市商、奈良商的茶屋也是各有各的地方。

这划分场地的工作，想是极令人头疼的。

北野神社的藏经堂至松海院附近，眼之所及，都是一溜儿密密麻麻的茶屋。至于有多少家，据说不是八百就是一千，准确数字并无人知晓。

太阁殿下的茶屋有四家，设于北野神社前，由芦苇篱笆圈了起来。

十月一日当天，太阁殿下芦苇篱笆内的四间茶屋里，殿下本人、利休师、宗及先生、宗久先生都在一刻不停地忙着为挤破头皮的来客们点茶奉茶。这四间茶屋虽然到午时（12点）就结束了，但据闻来客竟多达八百零三人。

芦苇篱笆内的四间茶屋，摆满了太阁殿下所藏的各种名品。

我只见到了利休师所在茶屋的情形。记得仅这一处就有舍子大壶、楢柴茶筒、涂天目茶碗、高丽茶碗、折挠茶勺、陶水罐、竹盖托、玉涧的平沙落雁图、胡铜吊桶、青瓷花瓶、大肚茶叶罐等一系列令人目眩的茶具及装饰。

这么一看，太阁殿下茶屋的那些茶具，还真是令人神往啊。

而宗及先生和宗久先生的茶屋也不得不让人浮想联翩。那时我想，反正有十天，慢慢观瞻不迟。只可惜，我最终还是没能看到。

因为预定在北野举行的十日茶会，仅在最初一天就宣告结束。

终止的理由并没有公告，但只举行了一天却是确凿的事实。大家都一头雾水，感觉莫名其妙。

在北野松原辛辛苦苦搭建了茶屋的茶人与茶汤者，八百或一千位，有名或无名，他们自是如此，京都、奈良、堺市一带的所有人，也都隐约觉出了一种不祥。

虽然一天就宣告结束，但这种形式的盛大茶会不是谁都能做到的，也只有太阁殿下想得到、做得到。

可谓太阁色彩浓重。

而他把所藏的天下之名器都搬来北野松原，让天下的茶人茶汤者一饱眼福，则更显露出他天真烂漫的另一面。

想来太阁殿下定然是愿意如告示那样，花十天时间来体验这场没有贫富贵贱之别的大茶会的。只可惜最终只开了一天。

那天下午，太阁殿下或漫步在北野松原的各色茶屋之间，或驻足于茶人、闲寂雅者之间，总之看起来是过得优哉游哉。

他在来自美浓的一位叫一化的茶人那里饮了一盏茶。而后又发现一位叫乃贵的闲寂茶人支起了一把朱红大伞,伞柄长约七尺,周边围了一圈芦苇篱笆,于是前去夸奖了一番。很多人都说,这位乃贵先生的朱红大伞在阳光下熠熠生辉,很是惊艳。

太阁殿下对于这些惊艳总是很上心的。

而就是这样一位太阁殿下,就在不久后的下午两点,竟下达命令将所有茶屋销毁,恢复松原一地本来的模样。

而这也终究即刻成为了现实。

太阁殿下的心思谁也猜不透。利休师也猜不透。

之后一段时间,坊间都在窃窃私语,到底是什么让北野茶会半途而废。

有人认为是因为肥后一地爆发了叛乱,而这消息就在十月一日当天送达了北野会场中。还有传言说是以利休师为首的堺市茶人掌管了整个会场,这之中或许发生了什么让太阁不快之事。还有诸如茶具失窃,有刺客被捕等说法,不一而足。但不久后,这些说法就未再被人提及。

总之,真相被淹没在水底,北野茶会终止的缘由终究是无人知晓。

然而,过了这么三十二三年后再度回忆起当时的场景,太阁殿下亲自设计的一场别具风格的大茶会就这么莫名终止的原因，除了肥后一地的叛乱，实在难以作他想。

肥后的叛乱消息，在茶会第一天就被送至太阁殿下手中一事，毕竟是事实。

太阁殿下底子里还是武人气质。

他对拔刀相向者无一例外都有着极强的征服欲。

这道突如其来的肥后战报，顷刻间就让茶香中的太阁回归至本身。而从这样一个瞬间起，他大概是没有心思再去点茶的。或许也正是这些，成就了太阁殿下作为武人的非凡。

谁也窥探不到太阁的内心，而太阁也从不把内心示人。

我猜即便北野大会按预定的日程继续开下去，天下形势大概也不会有任何变化。茶会无论是开是散，肥后的情况也不会变。那一小股反叛总会像实际上那样被镇压下去。

可是太阁殿下却没有那么做。或许是他不能容忍一个忘形的，只管品茶享乐的自己吧。我觉得这才是他突然终止茶会的理由。

正如正月三日的茶会上，他身着奇服异饰翩然而入一样，或许他也忽地想以战场上的乱发修罗之形，闯入北野的大茶会上去吧。而要阻止一个那样的自己，或许也只能采取终止茶会，把各色茶屋顷刻摧毁的手段了吧。

太阁殿下其人，在我看来就是这样一个人。

如果说有人知晓这样的太阁殿下，那此人应该就是利休师了。

一个统一了国内各个藩国，还把矛头对准海外，并以不断地征服为己任的武人的内心跃动，除了把一生都赌在闲寂雅上的利休师以外，谁还能知？

以上无非都是本觉坊我的一些思考，或许有误。

利休师担任茶头的几次太阁殿下的茶会，我能讲得出来的差不多就这些了。或许并没有什么参考价值，无用的请丢弃便是。如果多少对宗旦先生还有些帮助，那对本觉坊我来说，将是莫大的荣幸。

另外，在上次拜访时，宗旦先生还询问了一事。但此问对我来说，是极其艰难的、无法轻易用片言只句回答清楚的一个问。

利休师是以怎样的理由被赐死的？

世上有很多说法，您也至少知道大半，而您想知道本觉坊我自己怎么认为的。

当时我是拒绝回答的。因为真正的理由我并不知道。而且至今的这二十八年间，我也并没有任何手段可以得知。

可无论是否得知利休师被赐死的理由，他终将不会再度回到这个世上来了。

师尊是遇难了！

我总是这么想，但到底是遇了怎样的难，我是不曾去细想的。

无论那个理由是什么，我对赐死利休师的太阁的愤恨，却一直不曾消逝。所以一直都在努力从愤恨中抽身出来。

今天最初我也是这么对宗旦先生您说的。

然而对宗旦先生来说，祖父利休临终前的各种事由是怎样的性质，如果能打听得到的话，那定然是知道的好。

那天我辞别先生，从茶席上回到陋室，在夜里初次，真的是初次，思索着利休师究竟是因为什么而走上了往西之路。

很难想象我竟然可以去思索这些事了，或许是因为毕竟已经过了漫长的二十八年吧。那天夜里在我脑海里往来的一些想法，我愿意悉数告知。

当然前提是我并不知道那个真正的理由，实际上也并无任何资格提及此事。只是一个跟在利休师身旁十年的人，在事件发生二十八年之后的某些思考罢了，仅此而已。

就让我先谈谈事件前半年的那次聚乐府邸的茶事吧，虽然这不能直接回答先生的疑问。

宗旦先生曾列举了在世间广为流传的某些引发利休师赐

死事件的原因。比如大德寺的山门事件、茶具的买卖问题、因太阁赏识而怙恩恃宠、一介茶匠之身却因号召力过大被看成堺商代表、太阁出兵半岛问题上与持相反态度的自重派互通消息，以及其他几种。

无论哪种都是我在这二十八年间听说过一两次的。这些说法能流传至今而不半途消亡，一定有其独到的理由。

不过，就拿大德寺的山门事件来说吧，后来利休师的自刃甚至引发了木像骚动。如若山门事件是真，那就应该在利休师自刃后一切归于沉寂才对，可事实上却沉寂不下去。

连利休师究竟是在何处自刃的这个问题，基本上也都是问谁也不敢肯定的。是在堺市，还是在京都？

——实在不可思议。

而我是没有判断此类问题的能力的，也没有资格来叙述自身的感想。只是当此类传闻传入耳中时，总会有一股悲怆涌入心胸。

如果说有人知道利休师赐死事件的真相，那只能是细川三斋大人、古田织部大人这几位了。可即便是他们，估计也是不清楚的吧。

古田织部大人我曾在他晚年时见过两次，看起来也并不像知情的样子。他一直反复怅惋着，问利休师若是道个歉就可以得救的，为何不去道歉呢？

而后来，他自身竟也走上了跟先师一样的路。没作任何解释，也不去求饶，只冷静地依言自刃，了此一生。

细川三斋大人我并未见过，也无从知晓他的任何想法，不过我猜他也应该是不知情的吧。如果他真的知道，无论他想把实情藏匿与否，真相总会在世间显现出来。

更何况，当初赴死的利休师以及赐死的太阁殿下，如今都已作古，世事巨变，当今已是德川殿下的天下，三斋大人若真是知晓实情，则更没有任何藏匿的理由了。所以，三斋大人大抵也应是不知道的。

而若是连三斋大人也不知道的话，那太阁殿下对利休师的雷霆之怒——能置人于死地的那股怒气，被引发出来的确切理由，就可以肯定是除当事人之外其他任何人都不曾得知的了。

如果这属实，那也像极了太阁殿下的作风。

就跟那场北野大茶会突然终止的理由一样，任何人都不得而知。

刚才我说，从先生茶席返回陋室后，第一次就利休师赐死事件的理由思考良多，而我首先想到的则是天正十八年秋至十九年初，在聚乐第的利休府邸进行的那一系列茶事。

长时间以来我一直认为，利休师正是因为预感到了逐渐逼近的死亡，才与亲交的诸位每人都行了一次别离的茶事。而每位前来的茶客都被蒙在鼓里，在那两叠或四叠半的茶席上，喝了利休师点的茶，如此就与先师永别了。

但是那天夜里，我的想法有所改变。

我开始觉得利休师其实对死是根本没有任何预感的。

天正十八年的秋天是一个秋高气爽的好季节，暮秋至十九年的正月、闰正月这段时日，虽然气候严寒，但却是个清静晴好的冬季。

就在这样的秋冬时节，差不多半年时间，利休师早、午、晚一日三次都在不停地行茶事，共计一百次左右了吧。师尊的茶，这个时期比其他任何时候都更加认真。

所谓茶人就是这样，只要点茶，就会全身心地扑到茶上去。

这半年之间，太阁殿下曾五次光顾利休师的茶席。

九月两次、十一月一次、正月的十三日与二十六日共两次。

正月十三日那次是跟前田利家大人与施药院先生一同前来的。这二位，对太阁殿下来说是极亲近熟络之人。前田大人年纪五十五六，施药院先生稍微年长，已过六十。看起来，太阁殿下在心无芥蒂之时，更愿意跟同龄人一起高谈阔论。

二十六日那次的茶事，是织田有乐大人陪同前来的。有乐大人比太阁殿下年轻，他们一老一少相伴而来大抵是为了详谈茶具。这并非是我的猜测，而是后来听利休师自己这样说的。

太阁殿下就茶具名品，询问了利休师与有乐大人两位很多这样那样的问题，还亲自品定了某些茶具。或许兴之所至，连时间都忘记了吧。

与有乐大人一起的这次来访，是太阁殿下到访茶室的最后一次。

利休师被下令流放堺市，是在二月十三日。这之间有四十几天的时间。至少直到那时，在利休师身上都并无任何事情发生。

之后利休师又迎来了二十七组茶客，有大名、公家、手艺商或茶人，虽然茶客们身份迥异，但几乎都是跟利休师亲交甚密的人。

其中，以一亭一客的方式进行的有闰正月三日晨的松井佐渡大人、十一日晨的毛利辉元大人，还有二十四日晨的德川家康公。

松井佐渡大人是与利休师关系亲密的细川家的家老。毛利大人则在这半年时间内来访过三次，每次都是一亭一客，他是丰臣家的重臣，后来成为文禄战役中的总将渡海而去。

迎接家康公的二十四日早间茶事之后，利休师的聚乐府邸一下子清闲下来。茶客也不再到访，出入人等也渐至消失。

若是利休师摊上了什么事，那定是从那时才开始的。就利休师自身来说，定然是想跟平常一样点茶奉茶，与知心的茶客言简刚中地一问一答。而这些本该可以长此以往继续下去的事却忽然停滞了下来。

有一天——大概是闰一月的下旬，也就是迎接家康公前后几天，传来了太阁殿下十分不悦的消息。

于是一切都变了。

连我都能感觉到，利休师周围忽地像是有连绵的波涛在汹涌澎湃着。

他几乎没有进茶室。或是前往大德寺，或是有三斋、织部大人来访，夜里又忙着写信、送信，总之是不甚安定。

二十八年过去后的现在，再次回忆起当时境况，我总觉得那时根本就没有任何人得知太阁殿下到底是因为什么而心中不悦。

但殿下的不悦是极度的不悦，这从利休师始终未能拜谒一事上可以得知。而且殿下大概也没有接受任何他人的调停与劝解。

也不知究竟犯了何事。没有比这更难办的了。

三斋、织部两位大人怕也是空有一腔挽回的心愿而已。

太阁殿下竟然会对自己常年器重，且曾事无大小均偏袒且偏爱的茶头利休，抱有如此怒气！在那段时期，或许只有一种可能，那就是出兵朝鲜的分歧。

那是太阁殿下倾全力而为的一件大事，而且正处于他所认为的极佳的出兵时期，利休师却说了句不看好的话，而且还被传入了殿下耳中。大概就是这么回事吧。但太阁殿下也肯定不会轻易放过，尽管是那么轻描淡写的一句话。

此罪小得连利休师自己兴许也没有意识到吧，仅仅是在那两叠或四叠半的空间里说了一句话而已。

然而太阁殿下是能随着性子即刻毁弃北野大茶会的人，在那种情况下要随着性子毁弃利休师当然也轻而易举。

不过这些都是我本觉坊的推测罢了，也并不知推测的对与否。

利休师或许是在不清楚自己究竟所犯何事的情况下——即便多少有过一些猜测，在不清楚太阁殿下的所思所想之下，被下令流放堺市的。

接下来也是我个人的擅自推测。

利休师前往堺市以后，太阁殿下与利休师的立场微妙地发生了变化。太阁殿下冷静下来以后，或许是想把利休师从堺市叫回来的，但这次利休师却不愿再被召之即来挥之即去。

"利休先生为何不申辩呢？明明申辩一下就可以得救的为何不申辩呢？我想知道他临终前的心境。"

——古田织部大人的声音现在也能听得见。而如今我也同样想对二十八年前自刃的利休师，问这一个相同的问题。

利休师是一定会回答的。

只要诚心诚意地问，就会有答案。

不过，挺难。

或许我终将无力解决。

宗旦先生应该可以替我解决吧。这几日我总这么想。

终章

十二月二十四日辛卯晴有深霜

(注:元和七年①,阳历次年二月四日)

三天前大德屋传来消息说,有乐大人已于十三日在正传院离世,葬礼将于二十四日即今天的下午一点,在京都五条川原举行。

我曾听闻有乐大人自夏季以来,因中风而行动不便,可没想到竟这么快就撒手西去。享年七十五岁。

若是早知如此,怎么都应当前去看望一次的,真是悔不当初!

我也是从去年开始明显感觉到了身体的羸弱。去一趟京都市街都成了磨难,所以只好尽量不去。而正传院也终于成了难以企及的远方。

上次拜见有乐大人,还是去年十月,去帮忙把茶具器物

---
①元和七年:即1621年。

类拿出来晾晒防虫。

有乐大人对一流的、上等的器物都不肯直白称赞的态度极为有趣,半日时间很快就愉悦地度过了。

谁承想那竟是最后一面。

有乐大人的葬礼参列席位上应该没有我本觉坊的位置,但我还是想在远处做些别离的祷告,所以巳时就从居所出发了。

待过了一乘寺口,刚要进入高野时,忽然觉得猛地一阵恶寒袭来,于是只好在知友的农家休憩下来。

参加葬礼一事只能作罢。真是没有颜面。

后来这家朋友又招待我用了午膳。我一直休息到傍晚日暮时分,最后才与之告别。

离月亮升起还有很久。

农家的年轻伙计送了我一程。当时感觉身体好多了,想应该不会再有什么事,于是就让年轻伙计回去了。

出了一乘寺的农家村落,就再难看到人家。此后直至修学院,路上是没有灯火的。不过,路上没有岔道,而且路况颇为平坦,又是平素走惯了的,所以并无任何不安,只需在暗中慢慢移动步伐即可。

也不知走了多久,我发现路面似乎笼罩着一层淡淡的光。

于是驻足抬头望天，以为可以看见月亮。但并未找到其踪影，天空依然暗黑一片。

我再度移动脚步。

而后又走了许久，啊，这条路不就是曾经陪同利休师走过的那条路吗？那条梦中小道啊。

意识到这点是极其自然的事。决然不会错。

清冷枯寂的一条沙砾小道。不生一草一木，漫长的石子路。

梦里那条冥界之路，不就是这样一条路吗？

我那时想，若非不是通往冥界，怎会如此凄冷如此寂寞如此绵延不绝？

而今，亦是同样的心情。

可谓冥界之路，也可称通往冥界之路或与冥界相连之路。有一点是可以肯定的，这并非现世之路。

周遭分不清是昼是夜，笼罩着淡淡幽幽的一层光。

哦，原来我是走在梦中的那条小道上啊！

那时师尊是在离我稍远的前方的呀！

当我自然地想到此节时——不，师尊现在也肯定仍在这条路上走着！那场梦的后续，不就是我现在所经历的么？

在那个梦里我对师尊深深一鞠躬，未说只言片语就与之诀别了。但我现在的想法改变了，我不愿就那么诀别，我要跟在师尊身旁继续走下去。

我怎么能够让他一个人走在这并非现世的枯寂小道上呢？怎么能够就那样抛弃师尊，与之诀别呢？

只不过，现在我与师尊的距离，比当初更远。我是远远落后了。无奈曾鞠躬作别过，远远落后也是理所当然。也难怪一直见不到师尊的踪影。

在那个梦里，那是妙喜庵通往京都市街的一条小道，是嵌入繁华中的一条幽冥之路，曾让醒来的我心生恐惧。

而现在这条与师尊同行的路，则正是刺入京都，又从聚乐第的正中穿出，再朝更远方笔直延伸出去，且无休无止的同一条路。

而这条路的前方遥远处，师尊正踽踽独行。

只是看不见他的影子，也听不到他的足音。

我本是与师尊诀别过的，但还是因为惦念，又追随而去了。

从山崎的妙喜庵出发以后，已经过了许久许久。

这条始于山崎妙喜庵的路，究竟有多长呢？

这是师尊一个人的路。是除师尊以外，谁都不会涉足的路。除了师尊，谁还愿意走这样一条萧索而枯寂的路呢？

师尊啊，您到底要前往何方？您究竟准备去哪儿呢？

我这样想着，不经意间叫出了声——师尊！

这时不知踢到了什么，单膝跪折于地。

一瞬间，至此为止都未曾听见的高野川的河水声，突然鲜明地传入耳中。而与此同时我才意识到，哦，原来我是走在通往修学院的回家路上。

路面的幽光消失了，冷清枯寂的沙砾小道消失了。一旁是山崖，一旁是田地。一条普普通通的乡间小道，在一片暗黑中绵延往前。

继而，我感觉到一股透彻身心的寒冷。腊月本就严寒，更何况是在入更时分。身也冷，心也冷，这似乎也不足为奇。

到达修学院路口，转入小径之后，身子不自禁地颤抖起来，于是就那样头重脚轻跌跌撞撞地回到家门口，摔在泥土地上。爬起身来又旋即倒在了火炉旁。

幸好邻家太太曾帮忙生好了火。所以我就那样倒在火炉旁睡了个天昏地暗，直至第二日晨。

高烧持续了两天。

十二月二十九日丙申晴

今晨，我收拾好被褥，一整天什么也不干就坐在炉火旁休息。

这四五天来，饮食全都是邻家太太在帮衬，每次还特意送过来。今天我打算自己在炉火上熬一锅粥。直至昨天，胃口都不好，今天好歹恢复了一些。

以后一定要注意了，尤其要小心冬日的外出。现在回想起来，其实那天在出发前已经多少有些伤寒的迹象了。

或许是因为没能好好地送走有乐大人的亡灵吧，今日总是想起有乐大人的一些事情，似乎一整天都跟他在一起。怎么说他也是一位为数不多的懂得利休师的人。曾与利休师走得很近的武将，另外就只剩细川三斋大人了吧。

曾听有乐大人说堺市的今井宗薰大人还健在，如今真的还健在吗？

三斋大人、宗薰大人这二位，都是先师利休还在世时见过数面，如今即便相见，怕也并无多少可说的话吧。或许找寻话题都成问题。

有乐大人是元和三年十月在正传院建造茶室如庵时初相见，其后虽然仅来往了四年时间，但因他是一副那样的性格，每次见面都会亲切以待，还至少有一两次会转到利休师的话题上。

他的说话方式听起来似乎放肆又无忌，但其中必定有温情。他是在温和地袒护着利休师。这对我而言，则是无以替代的。

墓地应是建在正传院内的，等开春以后，我想尽早去扫扫墓。

若是十年前，我是能够跟利休师对话，并告知有乐大人过世的音讯的。但这数年时间，无论我怎样想跟利休师说话，都得不到任何回应。

记得刚搬到这修学院时，几乎每天，不，是每个一整天都能听到师尊的声音。那时我是跟师尊说着话度过的。

现在想来简直恍若一梦。

后来，我的话渐渐传不过去了，师尊的话也渐渐传不过来了。大概这就是所谓岁月吧。

不知不觉间，利休师去往他界都已经三十年了。宗及先生过世也已经三十年，山上宗二先生已离世三十一年，连宗久先生过世也都二十八年。

天下的茶头们逐一离世后，至今的这段岁月过得甚是不易。

有乐大人曾有一次，以一贯的戏谑口吻开玩笑说，利休先生或许是被宗及先生设计害死了的呢。

经他这么一提醒，我想起这两人间似乎确实是多少有些不相容的地方。但那些都被这三十年的岁月冲刷得干干净净全无丝毫痕迹。

氏乡大人过世，也是很久以前了。大德寺的古溪和尚也是。两人都该有二十多年了吧。

织部大人自刃，右近大人流放国外，这些悲伤依然还在心头，疼痛还并未消失。但算了算，都已经过了六个年头了。

一世的闲寂雅者东阳坊先生，去往他界已二十三年，就连江雪斋大人也已离世十二年。

岁月把一切都吞噬殆尽，一切印痕亦均被洗涤干净。

真是可怕啊。

我本觉坊，也将于不久后被卷入岁月的河流中去。而这个我，则将被真正地冲刷得无影无踪。

到了夜晚，我又想起了好些有乐大人生前的话，其中某些颇有意思，于是稍稍做了一番思考。虽然已记不清有乐大人说这些话的具体时日，但确实是出自大人之口的。

"利休先生的那些茶事中，最好的是什么时候的？本觉坊先生你所知的最好的，不妨讲来听听。"

那时我举例说是宗及先生与利休师二人一亭一客的茶事。亭主是利休师，茶客是宗及先生。那是一次晨晓的茶事，又时值大寒时节。可寅时（凌晨四点）宗及先生就已经前来，当时适逢大雪初飞……

——刚说到此处，有乐大人就摆手不再听下去。

"那怎么算得上茶呢？茶人跟茶人一起摆出一副茶人面

孔一起喝喝茶装装样子罢了。下雪这事儿也是，是人家大雪看见他们气氛不够，才飘了点儿雪花给他们的。我这一生中啊，觉得算得上茶事的只有一次。"

他把话题拉开，也不管我讲完没讲完，自顾自眉飞色舞起来。

"大坂城的夏季战时，有一位很早就在河内一地阵亡的木村长门守重成大人。在那半年前，我曾在我大坂的茶室里招待过他。他那时已经有了半年后赴死的觉悟。

"对木村长门守而言，那是他今生最后的茶。这一点我也十分清楚。怎么说呢，他是在努力让自己接受自己将死的事实，也可以说是一种死的确认仪式。我呢，就是仪式的见证人。茶就该是这种样子。"

有乐大人是这样说的。连他那时与平素不同的严肃面孔都还历历在目，是那种极其少见的极为认真的面孔。

他平时是不轻易把心思挂在脸上的，但那时是个例外。可见木村长门守大人的态度真的是把他给彻底打动了。

世间传闻说有乐大人是在夏季战还未开战时，就从大坂城内抽身出来隐居避难了，正好与木村长门守大人相反。或许也正是这层缘故，才让有乐大人真心地认识到木村长门守大人的高风亮节。

思绪在脑中穿行，忽地我又想起利休师曾也跟有乐大人说过意思相同的话。利休师曾说：

"永禄四年在堺市，曾替物外轩大人（三好实休）点过茶。物外轩大人预感到自己一年后会死。他从进入茶室到离开，一直都十分让人钦佩。我这个比茶客年长五六岁的亭主竟远远不及，有节节败退的感觉。"

有乐大人的说法跟利休师的这段话大抵是相同的。

哦，对了，利休师曾经就高山右近大人的茶还说过这样的话：

"那位比我年轻三十岁的南坊大人（高山右近），今天让我意识到我是及不上他的。当然不只是今天，他一直让我有种感觉，他将要把自己丢弃在某处，当下就是他的最后时刻。那种静，绝非一般！谁都及不上。"

这是天正十八年十二月底，利休师在与右近大人行过一亭一客的茶事后当天夜晚的话。

如若称之为"将死之预感"，那么当时的利休师还并未意识到两个月之后的自身之死；而右近大人对自身二十四年之后的国外流放，则已在当时就已被当做明日之事一般，可以淡然处之。

的确正如利休师所称赞的那样，我记忆里的高山右近大人也是始终令人钦佩的。如果要从茶室里选出一位堂堂英姿，我本觉坊大概也是会选高山右近大人的。

至于天主教徒是怎样一种存在，我并不甚清楚，但我也曾或多或少明白高山右近大人始终是有着"死之觉悟"的。而这正是利休师所说的，自己所不能及的地方吧。

高山右近大人有利休师所不及之处，木村长门守大人有有乐大人所不及之处，利休师与有乐大人都率直地承认了这一点。这也正是天下茶道宗师的非常人所能及之处。

另外有一句有乐大人评价利休师的话，让我至今都十分在意。

忘记大人是在什么时候说的了，内容是这样的：

"利休先生见证了很多武人的死。到底有多少武人，曾喝过利休先生点的茶，而后奔赴沙场的呀？又有多少人就那样战死沙场，永不回还的呀？见过那么多的鲜血与死亡，利休先生怕是自己都不肯相信自己能寿终正寝的吧。"

这也是有乐色彩浓重的一段话。这段话自从听到后一直到现在，我都时常惦念着。

如果说有乐大人见证了木村长门守大人的赴死仪式，那利休师无疑是见证了更多武将的赴死仪式。

比如松永久秀、三好实休、濑田扫部、明智日向守等武将。我虽然不认识他们，可他们的赴死仪式，利休师都是见证过的。

我曾听利休师提起过他们的姓名。早在我跟着师尊以前，他们就已经战死沙场，而且他们都是对茶钟爱有加的武门之士。

　　利休师曾说，太阁殿下进入茶室时最显威风堂堂的是天正十年至十一年这段时间。天正十年是明智大人兵败山崎的一年，天正十一年是柴田胜家战死北之庄的一年。

　　作为二者对手的太阁殿下，也是曾在两次重要战役之前，在利休师的见证之下进行了赴死确认仪式的吧。

　　"利休先生真是了不起啊。他只走自己的路。他只点自己的茶。他把休闲的茶变作了不能休闲的茶。可也不是禅茶，他的茶室不是悟禅的道场。而是切腹的道场。"

　　这段话是我初访有乐大人的如庵茶室当天晚上，听大人说过的。

　　有乐大人率直地称赞利休师了不起，就仅此一次。之前、之后都没有再赞过。不过也正因为大人的这句称赞，我后来才又多次造访有乐大人的正传院。

　　到底该怎样去理解这些话呢？

　　利休师确实是在走自己一个人的路，梦里的利休师就一直走在那条没有他人的清冷而枯寂的道路上。

　　"把休闲的茶变作了不能休闲的茶。"

　　——这又是什么意思？

"他的茶室不是悟禅的道场，而是切腹的道场。"

——加上这句，就更让我云里雾里了。

但奇怪的是，这些话并不让我感觉不快。尽管不明所以，但我知道那并非中伤或轻蔑的言语。

把茶室变作切腹道场的利休师已经亡故，而作此论述的有乐先生也已亡故。两位大人都已无法让人去求证了。

不过利休师的茶定然是可以那样去评价的。

如果不能，我本觉坊一定会从直觉上对这句话深感不快，但实际上我并无丝毫的不快。

而且，那条或可称作冥界之路的枯寂之路，又是什么？

始于山崎的妙喜庵后，就近乎于无限地笔直延伸的那条路，到底是什么？

为何师尊会孤身一人在上面踽踽而行？

这些我都似懂而非懂。

何况我还两次跟随师尊，同行于那条路上。一次在梦中，一次在有乐大人的葬礼当天夜里，因高烧而出现的奇怪幻象之中。

这些大概又会让我烦恼数日了吧。

或许是年纪的缘故，从去年开始只要有一点点未想透的事，就会一直去想啊想，而无法从中抽身出来。

不知不觉，我已经到了先师过世的年纪，还渐渐超出了一岁。

二月七日癸酉晴（注：元和八年，阳历三月十八日）
拂晓，做了一个梦。

我似乎已经在水屋里坐了很久。

也不知从什么时候开始，利休师已在茶室的点茶座上就座。

万籁静寂，听不见丝毫声响，不过我知道利休师在那里坐着。

而茶室的氛围，就因为师尊那一坐而彻底变化。连水屋里等待命令的我，也强烈感觉到了。

就跟以前一样。

书院里已来了三位验尸官，其中之一是蒔田淡路大人。另外两人我不认识，但蒔田大人曾屡次光顾聚乐府邸的利休茶室，并且每次都跟我说过话。

在上次天正十八年霜月二十二日的早间茶事里，蒔田大人曾与长谷川右兵卫大人一起，在四叠半茶室的茶客席上坐过。那应该是他与利休师的最后一次茶事。

适才听说，尊奉殿下旨意，蒔田大人是来领取头颅的。

对蒔田大人来说，这差事定然颇为艰辛。不过当利休师知道是他时，反倒显得安心了些。

"好久不见！"

突然，利休师的声音传入耳中，让我猛地一惊。

茶席上除了他另外还有一人。

利休师自刃前的最后一杯茶，是点给谁的呢？在我思忖间，只听利休师再次发出了声音。

"殿下。"

我再次猛地一惊。

能被尊为殿下的，除了太阁以外别无他人。可太阁殿下又是在何时，从何处入席的呢？

这时，房顶处传来石子般散落而下的撞击声，而且越发震耳欲聋起来。

是冰雹。

但绝非普通的冰雹。

渐渐地，这猛烈的冰雹声将天与地都包裹了起来。而利休师的声音却从中穿透出来。

这该是师尊临终前的一席话了。

我单手支地，身体前倾，不想听漏任何一句。

"初次见到太阁殿下，是在天正四年的春天，在那间刚刚建成的安土城中的茶室里。我点的那盏茶，太阁殿下是从信长公手中接过的。那年信长公把长浜城交给您打理，您才四十岁年纪，真是年轻啊。"

"对啊，真年轻。"

"茶席上，信长公把堺市茶人们所赠送的茶具都陈列了出来。有宗及的果子图，药师院先生的小松岛壶，油屋常佑先生的柑口花瓶，还有宽肩的初樱花瓶，法王寺先生的竹勺子。"

"……"

"殿下将其一一称赞，说堺市的手艺商们把这些赠予主君信长公，并且又是如此这般的名品，是很值得庆贺的一件事。"

"本座说过？"

"殿下得到信长公的允诺，有了举行茶会的权利，应该是在天正六年吧。那年秋天，在播州的三木城第一次举行了筑州大人的新茶茶会，可惜我并未在被邀之列。

"其后四年的天正十年晚秋，在山崎的妙喜庵，我与宗及、宗久、宗二一起，才首次被邀出席殿下的茶会。那是在大德寺举行过信长公的盛大葬礼之后的第二个月。那时殿下可真是威风堂堂啊。

"第二年，也就是天正十一年的正月与二月，在妙喜庵您举行了两次茶会。五月在坂本是第三次。这几次都是由我主导，坂本茶会更是第一次以殿下茶头的身份举办的，让我终生难忘。

"那日，壁上挂着京生岛的虚堂墨迹，台上有荒木道薰的青瓷喇叭花瓶、小口茶釜，绍鸥的芋头茶筒。殿下用大觉寺天目茶碗饮了一盏，其他人是用井户茶碗传饮的一盏。"

"你记得可真清楚啊。"殿下道。

"当然应该记得。那是我宗易这一生中应当纪念的日子。从那日起，八年时间，我都一直在替殿下服务，如今终于到了别离的时刻。承蒙殿下长年的赏识与关爱，在下感激不尽！"

"可以不用别离的吧。"

"那怎么行？您已经下达了赐死之令。"

"别那么较真嘛。"

"不是较真不较真的问题。殿下曾赐予了我很多东西，比如茶人的地位、势力，还有您对闲寂雅之道的大力援助。最后还赐了死给我。这是我所得的最大的一件礼物。正因为这件大礼，我终于知道寂茶到底是什么了。我终于弄懂了所谓寂茶的真谛。

"在流放堺市的命令被传达下来时，我忽然感觉到了身心的自由。长年以来，虽然我一直把闲寂雅这三字挂在嘴边，但终究只是流于形式罢了，不过一些装模作样与装腔作势。其实我这一生中都因此事而烦恼，说得到做不到。

"而当死亡突然间降临之时，当我不得不被迫直面时，我才发现那些装模作样，那些装腔作势都不见了。而所谓闲与寂，该怎么说，竟成了好似死亡之骨一样的东西。"

"那不挺好吗？就别较真了。"

"可是，今天殿下虽然说话这么恩慈，但殿下也是拔了刀出鞘的。是真心拔了刀出鞘的。这样一来，我宗易作为茶人，也只能拔刀相对了。"

"……"

"长年以来，对我作为茶人的那些可取的好处与不可取的坏处，殿下通常是有包容之心的。可后来，殿下却只乐意看到好处。如今，则把我宗易整个儿舍弃了。"

"你要这样说，那宗易你不也一样吗？你是想从我这里讨些能讨到的好处才作陪的吧。"

"确实如此。但作为交往，彼此这样就足够。可殿下却拔刀出鞘了。我宗易也只好拔刀相向。殿下有殿下必须要守住的东西，而我宗易也有作为茶人所必须要守住的东西。若是当初殿下一时气极，拔刀出鞘，接着顺势削了我的脑袋，就什么问题都没了。可殿下却只拔刀出鞘，还让我看到了刀刃。"

"……"

"殿下说，不合心意。于是要我去死。当殿下下达命令把我流放堺市时，殿下成为了真正的殿下，而无关乎一切外在与名声。那时我听到有个声音响起：茶有什么了不得？闲寂茶又怎样？那些东西你从最初开始就没觉得有什么了不得，你只是在作陪罢了。

"既然殿下成了真正的殿下，那我宗易也必须要成为真正的宗易。真是托殿下洪福，我宗易就好似从一个很长很长的梦中苏醒了过来一样。"

"……"

"殿下在茶室里是威风堂堂，对物品的鉴赏也是眼力颇佳。但要说最令人钦佩的，当属殿下的武人之心。这次殿下在震怒之下，轻轻巧巧就把茶给扔了，露出了您武人的真正姿态。我宗易也因祸得福，终于从长而又长的噩梦中醒过来，继而能重新回归我茶人宗易的本心。

"我曾借殿下之力，在现世中建了一个无关乎财富、势力，甚至思考方式与生活方式的小小茶室。但终究是没能做到。若是一直自己一个人坐在里面就好了。可惜愚钝的我却接二连三邀请了那么多的人坐了进去。真是错得离谱。直到殿下赐死时，我才终于意识到。

"意识到自己长时间以来忘却了的东西。妙喜庵的那个小小的二叠茶室，我终于想起自己建造时的初心来。那虽然是依殿下之命而建的茶室,但起初并非是为了迎接殿下而造,而是为了我自身一个人的独处而造。可我却迎进了殿下还有其他许多人。"

"……"

"当我意识到这点时,我忽地感觉有一股鲜活的力量开始在心中慢慢升腾。妙喜庵的茶室,是我宗易的城郭,是无需一兵一卒,只我宗易一人坚守城内,而与世俗做不懈战斗的城郭。

"可惜的是,后来却又在京都市街、大坂城内多造了两间,还迎进了更多的本与之无缘的人——真是错得离谱!我还以为依靠殿下的力量也能守城成功——真是大错特错!"

"……"

"寂茶的世界。长时间以来于我而言,那竟是个不得自由的世界。但当我以死为代价,想要去保护它时,瞬间,它就变作了一个鲜活的、自由的世界。"

"……"

"在我依令来到堺市以后,一直都预见着死亡。而茶,也成了我自身赴死的确认仪式。无论是点茶还是啜茶,心,都是极静的。死,或成为茶客,或成了亭主。

"先师绍鸥,曾说连歌的终境是'萎以枯,僵以寒',而茶汤之终境亦与之相同。而今,我脑里辗转思忖的就是,原来'萎以枯，僵以寒'的心境，就是这样的啊。"

"……"

"其实，这'萎以枯，僵以寒'的心境，在我宗易之前，就已经有很多武将在境中坐定。那些当时叱咤风云的武将端坐于茶室的英姿，现在都浮现在我眼前了。而作为茶头，依靠着殿下之力，而且倍受保护的我宗易，却成了离茶之心最远的一个人。真是羞愧难当啊！"

"好，本座知道了。那你就振作起来再给本座点茶一盏。不过你这里怎么连像样儿的茶具都没有一件呢？"

"有茶碗、茶筒和茶勺。其他不需要。在妙喜庵茶室建造之初，我就决意要将多余的物品一件一件舍去。只是无论舍去多少件，最后都会留下一个自己。如今，舍去自身的时刻即将来临了。"

"够了，别傻了。就跟以前一样好好帮本座点茶。你这是什么表情？这么神妙的模样？"

"殿下真是仁慈啊。想想也是，自安土城初次见到殿下起，您就一直这么仁慈，可谓是这个世上对我最最仁慈的人了。"

"本座不再拔什么刀出来了。"

"万万不可！不再拔刀的殿下就不是殿下了！虽然刚才我对拔刀出鞘一事似有怨言，但殿下若是发怒尽管拔刀就好。这世上只有殿下一人能随意主宰他人的生死。殿下为了今天的地位与权力，曾经出生入死多少次啊！"

"本座知道。不过宗易你不用切腹了。"

"请恕在下做不到。有很多人都在等着看我宗易此生最后的茶。"

"在哪里？"

"书院的厅内，已经人满为患了。其中还有众多曾与殿下作对，并且兵败而亡的人。敬请殿下小心。"

"什么？"

"请回吧，殿下。让我们就此别过。"

"……"

"后会有期。"

一瞬间，茶室内便安静下来。

太阁殿下应是已经起身离开，但什么声响都没有，也没有任何推门而出的迹象。只能猜测，他是从茶席上直接消失了。

太阁殿下离开后，利休师一人在茶室内做什么呢？我正这样想着，只听师尊的声音传来：

"是谁在那里？"

我回答："是徒儿，本觉坊。"

"哦，本觉坊啊，你来得正好。多谢。"

我停顿半晌，不知说什么才好。最后终于再次开口道："徒儿来道别了。"

"曾经，在那条寂寞的沙砾路上，我们就道过别的吧。为师以为那时就已经别过了，怎么又来了呢？"

"那时徒儿还无法与师尊真正道别。那之后，徒儿很快又转身回到那条路上，一直跟在您后面走着。"

"那是为师一个人的路，也是本觉坊你不能走的路。"

"请师尊明言。"

"那是我利休的茶人之路。其他的茶人也有他们自己的路。先师绍鸥有先师绍鸥的路，宗及有宗及的路。跟你交好的东阳坊先生，也有东阳坊先生自己的路。也不知这是幸或不幸，我利休在这战国乱世的茶之道上，选了一条清冷枯寂的沙砾路。"

"那条路，到底通往何方呢？"

"通往无限远。不过，当战争消亡的时代来临时，或许将会成为一条无人问津的路。反正那是为师一个人的路，与我利休一同消失殆尽即可。"

"师尊一个人的路？"

"虽说是为师一个人的路，不过前方有山上宗二在走，身后如果还有人，大概就是古田织部大人了吧。仅此三人罢了。"

利休师的声音在此中断，不再响起。

也不知过了多久，或者并没过多久，甬道传来数人的足音。

我知道最后的茶即将开幕。

应该有不少我可以帮衬的地方，可茶室却没有任何声音传来。

我感知到茶室里的空气膨胀起来，充满张力。眼前似乎浮现出端坐于点茶位上的利休师的身影来。

茶室躏口处，最先出现的会是谁呢？思忖间，我抬眼望去。

原本从水屋是看不见躏口的，可如今却能透视过去，实在不可思议。

最初进入的是体态多少有些发福，且不修边幅的家康公。太阁殿下与利休师一亭一客的茶事结束后，这最后的茶有家康公参加是丝毫不让人意外的。

家康公后，接着是前田利家大人，还有绍鸥先生的身姿。

其后片刻，有毛利辉元、松井佐渡、施药院、织田有乐、细川三斋、岛井宗叱、高山右近、户田民部、茶屋四郎次郎、针屋宗和、万代屋宗安等人接踵而至。

天正十八年秋至十九年初,在利休师晚年茶事中露脸的一群人几乎尽数到齐。他们之中有大名、公家、手艺商与茶人,正是跟利休师交好的一众人等。

之后又过了一会儿,大德寺的古溪和尚、春屋先生现身了。

我思忖那二叠的茶室内到底已经进了多少人。

至此为止,至少有不下二十人了吧。这么奇妙的事情有可能发生吗?

正当我疑惑时,宗及先生与宗久先生也穿过甬道,从蹦口进入了那二叠的茶室。即便点茶座与隔间全都用上,这些人也都是装不下的。

我年轻时曾听过维摩诘①的说法,法话里的狭小堂中,有几百甚至几千的人在。没想到,在今日我竟看到了真景。

为了看到利休师所点的最后的茶,有这么多人愿意挤挤挨挨在那二叠茶席之上。

正想着这些,只见一群武将也踏着足音而来。

有松久永秀、明智日向守、三好实休、濑田扫部、石田治部等等。包括已经战死沙场者,以及不久于人世者。

---

①维摩诘:释迦牟尼佛时代的早期佛教修行者。维摩诘居士未曾出家,而是以在家居士的身份修道与行善,传说是金票如来的应化身。

场面变得嘈杂了些。

最后进入的是富田左近大人，于是茶室里大致已经收下四五十人了。

冰雹再度落下，震耳欲聋之声在一片骚然中将天地包裹起来。

利休师的最后的茶，即将开幕。

我也应当前往观看的。

正在犹豫中，我看到山上宗二先生正在进入蹒口处。可惜毕竟不再有空席了，只见他半身入席半身在外，脸朝我这边看过来。身上血淋淋的，很是恐怖。

无论怎样，这样的宗二先生是不能去的。我准备起身去阻止他。

于是，我就被赶出了梦境。

睁眼后，我旋即坐起。

若梦还在继续，那利休师最后的茶就该开始了。

我把睡衣的领子理了理，再端坐着，让心绪归于诚挚。

茶席间真的是进了好多人呢。那么多人都能进入仅仅二叠的茶席，也是归因于利休师所持有的力量吧。

无论怎样，我能梦到三十年前利休师自刃的现场，实乃不可思议。

这一个月左右以来，我一直在思考有乐大人对利休师的那些评价，或从正面的语言意义上去考虑，或反向而行之。

那条陪同师尊走过的清冷而枯寂的路，也一直在心里反复地咀嚼着。

我就这样过着每一天，每一夜。

于是梦到了这个场景。

都说梦是因于五脏六腑的疲惫。的确很累，整个身子都很累。这个冬天怕是难挨啊。

片刻后，我起身如厕。

打开厕所的小窗，只见有白点儿在空中飘舞。现在大概凌晨四点吧，夜幕深深依旧。

回到寝屋，虽寒气逼人，我却不想躺下。

利休师此生最后的茶结束后，我理应前去打理，去完成自己此生最后的工作。师尊该去书院了吧，再与三位验尸官寒暄几句，而后就该在所定之处静静坐下了。

如若把梦境与现实的时间对接，现在师尊是时候在书院坐定了。

自刃的时刻已倏然而至。

半刻钟时间，我一直端坐于地。

之后才起身来到炉旁，生起火来。让炉火把透凉的身子慢慢暖和过来。当寒气多少被逼退了以后，我思忖梦里的那

177

个场所，究竟在哪儿。梦境毕竟是跟现实多少有些出入的，但大体上可以断定是山崎的妙喜庵。

在那间山上宗二先生曾说过"'无'不灭，'死'则灭"的茶室里，我看到了自刃前的利休师，还听到了师尊的一席话。这一席话，有我能理解的，也有我理解不了的。

这段时间日夜思考的各种疑问，师尊用自己的话托梦回答了我。

那条清冷枯寂的路上，利休师走在中间，一前一后走着山上宗二先生与古田织部大人。师尊或许还会告知我有关于此的更多的含义吧。我坚信。

宗二先生与织部大人，在被赐死的那一刻，或许也跟利休师一样，忽然间彻悟了作为茶人的某些东西，于是只静静地点着自己的茶，而不愿再作无谓的逃离。

然而，那却是我本觉坊不曾踏足的世界。

——日录·终

我将本觉坊写下的这部手记以"**本觉坊遗文**"来命名，并以我的笔加以润饰，再增添了一些考证与说明，如今已写就成文。

至于手记的作者本觉坊是何时亡故的，仅从遗文还看不出来。文中最后记录利休自刃的梦境，是在元和八年二月七日以后。其后或许活得并不很长久。

文章式的最后的记述之后，还有两三页零星的片言只句。

或是某种备忘录。

这备忘录中有一句，写着"八月二日，茶碗、茶勺托赠"，文句简短之至。

八月二日，究竟是哪一年的八月二日虽然无法断然肯定，但想来，理解为元和八年的八月二日应当是最为自然的。如果属实，那本觉坊自辍笔以来至少活了半年时光。

茶碗、茶勺究竟托赠了谁，此事虽也未曾明言，但不难猜测，或许正是本觉坊寄予了厚重期待的宗旦先生。

当然这仅仅是笔者的推测而已。

茶碗应当是师尊利休相赠的长次郎黑茶碗，茶勺应当也是利休相赠之物，但至于是否是利休亲手所削制，就不得而知了。

译后记

本书文字很薄，然内容很厚。

历史小说大都是沉重的，作为获得了日本文学大奖的严肃文学作品，作为井上靖晚年精雕细琢的佳作之一，本书尤其如此。

当故事得以谢幕，心绪得以宣泄，内里的声音得以表露时，沉重才能最终得以卸下。

卸下后，就是无比的轻盈与自由。

可惜不求甚解者，会把离世当做卸下。于是他的一生都会贯穿各种沉重。

书中没有戏谑，没有欢笑，甚至没有女人，从头至尾苦苦探索的问题，从表面上看似乎只有一个——茶道的集大成者千利休是如何离世的。换言之，利休到底是以怎样的目的、怎样的方式、怎样的时机了却了他的一生。而其背后那个最重要的理由，则理所当然却又不足为外人道。

但很显然，这表面的冰山一角，肯定不是作者想要最终倾诉的东西。

历史的洪流中，都说人与蝼蚁无异，在潮涨潮落中终至消失殆尽，不留丝毫痕迹。主人公们的生生死死，从历史人物的角度看，是各种因素叠加的偶然；从文学人物的角度看，是水到渠成的必然。而大大小小的各类人物们就在这偶然与必然之间得到了升华。这也是历史小说的魅力之一。

历史人物千利休在各种文学作品中，有着他不同的一生。

本书中的千利休，直到文章结尾，我们才似乎看懂了他的一生，似乎明白他之所以决然选择那样的离世方式，是因为茶之道必然清冷，是因为他终于知晓寂茶的真谛，是因为他此生无悔再也无所牵挂。他经历种种，终于达到了无惑的境界。

利休无疑是本书的主角。在利休的影响下，山上宗二与古田织部两位身份各异的徒弟，在悟道的同时也选择了跟利休近乎相同的离世方式。他们也是本书的主角。

而身为译者的我，着眼点在本觉坊上。

书中遗文的记录者本觉坊，在他的恩师利休离世时，刚好年逾不惑。他没有选择跟随先师的足迹，以茶立身，而是宁愿隐居遁世，一无所得。

其实年纪四十的本觉坊,那时以纯然之心,已然立于不惑之境地,因为他已经知道流放途中在船上端坐的利休是已经悟道了的。而正因为他的不惑,他才能随心所欲地跟悟道的先师利休神交,甚至于每天。

可后来,因俗世上的大多数人都是尚未悟道的,在俗世的叨扰下,他渐渐偏离了不惑的境地,变得越来越迷惑。于是又因为他的有感,他不再能够随时与先师利休神交,以至于再也听不到利休的声音。

这个细节,笔者认为尤其重要。

其过程,大抵跟利休在修筑好他的妙喜庵茶室当初,与最终悟道之前的那一段经历在本质上是一样的。利休明知寂茶是与世俗背离的茶,是需要一个人坚守的茶,但却不知不觉为了某些东西放弃了一个人的清修;本觉坊本来是纯然不惑的,但因为世俗的介入却不知不觉产生了某些疑惑而偏离了自己一个人的清修。

他的隐居地——修学院的陋室,就相当于利休的妙喜庵茶室。利休从妙喜庵茶室出发,走在他的茶之道上,途中遇到聚乐府邸这个巨大的艰难险阻,而后经历种种,最终得以冲破这道艰难险阻,再度走在他自己一个人的茶之道上。

本觉坊最终也得以解惑,重回了不惑的境地。于是他终于又能在梦里与利休相见。

这是一位被忽略的主角，在成就利休形象的同时，也成就了自己。

书中大大小小的各色人物，大都在中年时期出场，他们其他跟我们实际的人生一样，即便中年也同样有着各种疑惑与彷徨。

所谓四十而不惑，是指四十岁时可以不因外物而迷惑。就像本觉坊那样，能够自然而然地明白自己应当与利休师诀别，去修学院隐居，过自己该过的生活，而不应当以茶立身，或以茶谋生。

大概中年人大都会有这样一个阶段吧，正所谓看穿与看淡。

然而本觉坊后来却又迷惑了，而且越来越迷惑，直至年逾古稀之年。

这大概就是人生。在自认为已经不惑的人生阶段，不意受了某种影响，于是开始动摇，开始彷徨，开始忘却自己其实本来是不惑的。于是之后数载、数十载仍然纠结着无法释怀。如若能跟本觉坊一样回归纯然之境，则可以七十而随心所欲。如若不能，或许七十也一样无法随心所欲。

现世的物质与诱惑太多，因此而本末倒置的人生百态林林总总，缺了轻盈，少了清寂，没了自由，或许在利休与本觉坊看来，是何其不幸。物质与诱惑无可指责，本末倒置的态度与做法，或可商议。

将本书细细读过，品味过，希望您能懂得该如何不惑。

——欧凌

记于二零二零年初夏

附录　井上靖年谱

1907年（明治四十年）
5月6日,出生于北海道上川郡旭川町,父亲井上隼雄,母亲八重,井上靖为二人的长子。
祖父井上洁。井上家是伊豆汤岛的医生世家。母亲八重是家中的长女。父亲隼雄为井上家赘婿。

1908年（明治四十一年）　1岁
父亲井上隼雄出征前往韩国,井上靖同母亲搬至伊豆汤岛。

1909年（明治四十二年）　2岁
因父亲调动工作,迁居至静冈市。

1910年（明治四十三年）　3岁
9月,妹妹出生,和母亲一起搬至汤岛。

1912年（明治四十五年） 5岁
父母离开汤岛，将井上靖交由其户籍上的祖母加乃抚养。加乃是已故的祖父井上洁的小妾，此时已入籍井上家，在法律上是井上靖的祖母，平时独居于仓库中。井上靖与加乃的感情十分深厚。

1914年（大正三年） 7岁
4月，入读汤岛寻常高等小学。

1915年（大正四年） 8岁
9月，曾祖母阿弘去世。

1920年（大正九年） 13岁
1月，祖母加乃去世。2月，来到父亲的任地滨松，和父母一起生活。转学至滨松寻常高等小学。4月，入读滨松师范附属小学高等科。

1921年（大正十年） 14岁
4月，以第一名的成绩考入静冈县立滨松中学，担任班长。同年，父亲前往中国东北工作。

1922年（大正十一年） 15岁
3月，因为父亲被内定为台湾卫戍医院院长，因此寄居于三岛町的姨妈家中。4月，转学至静冈县立沼津中学。

1924年（大正十三年） 17岁
4月，因家人全都去了台湾的父亲身边，所以被托付给三岛的亲戚照顾。夏天,旅行去台北看望父母亲。此时,受老师和友人的影响,开始对诗歌、小说等产生兴趣。

1925年(大正十四年) 18岁
学校发生了学生闹事事件,被认为是带头闹事者之一,被强制搬入了附近的农家,处于老师的监视之下。

1926年(大正十五年·昭和元年) 19岁
2月,在沼津中学《学友会会报》上发表短歌《湿衣》九首。3月,从沼津中学毕业。前往台北的家人身边,但因父亲调任,又搬家至金泽,为高中入学考试做准备。

1927年(昭和二年) 20岁
4月,入读金泽第四高中理科甲类。加入柔道部。同年,征兵检查甲种合格。

1928年(昭和三年) 21岁
5月,应召加入静冈第三四联队,但因为在柔道活动中肋骨骨折,退伍回家。7月,参加在京都举行的柔道高中校际比赛,进入半决赛。8月,拜访住在京都的远亲足立文太郎,初见其长女足立文。从这一时期开始创作诗歌。

1929年(昭和四年) 22岁
2月,在诗歌杂志《日本海诗人》上发表《冬天来临之日》。此后,到1930年年底为止,一直在该杂志上发表诗歌。4月,担任柔道部的队长,但不久便退出了柔道部。5月,加入由福田正夫主办的诗歌杂志《焰》,到1933年5月左右为止,一直在该杂志上发表诗歌。同时还活跃于《高冈新报》《宣言》(内野健儿主办的无产阶级诗歌杂志)、《北冠》等刊物上。

1930年（昭和五年）　23岁
3月，从四高毕业。4月，入读九州帝国大学法文学部英文科，搬至福冈，但是不久就对大学生活失去了兴趣，前往东京，醉心于文学。从9月开始，放弃使用笔名井上泰，改为自己的本名。10月，从九州帝国大学退学。12月，在弘前，与白户郁之助等人一起创刊同人杂志《文学abc》。

1931年（昭和六年）　24岁
3月，父亲在军医监(少将)的职位上退休，在金泽住了一段时间之后，退隐于伊豆汤岛。

1932年（昭和七年）　25岁
1月，杂志《新青年》上征集平林初之辅的未完遗作——侦探小说《谜一般的女人》的续集，以冬木荒之介的笔名参加征集并入选。此后，不断参加《侦探趣味》《SUNDAY每日》等主办的有奖小说征集活动并入选。2月，应召入伍，半个月后退伍。4月，入读京都帝国大学文学部哲学科，但是基本不去听课。从同年夏天开始，诗风发生改变，从分行诗转向散文诗。

1933年（昭和八年）　26岁
9月，以泽木信乃为笔名，小说《三原山晴夫》参加《SUNDAY每日》的"大众文艺"征集活动，被选为优秀作品。11月，《三原山晴夫》被大阪的剧团"享乐列车"改编成剧目并上演。

1934年（昭和九年） 27岁

3月,以泽木信乃为笔名,参与《SUNDAY每日》的"大众文艺"征集活动,小说《初恋物语》当选。4月,以大学在读的身份加入新成立的电影社脚本部,往返于京都和东京之间。

1935年（昭和十年） 28岁

6月,在《新剧坛》创刊号上发表首部戏曲创作《明治之月》。8月,与友人创刊诗歌杂志《圣餐》。10月,以本名参加《SUNDAY每日》的"大众文艺"征集活动,侦探小说《红庄的恶魔们》当选。《明治之月》在新桥舞剧场上演。11月,与足立文结婚。

1936年（昭和十一年） 29岁

3月,从京都帝国大学哲学科毕业。7月,参加《SUNDAY每日》的"长篇大众文艺"征集活动,《流转》当选为历史小说第一名,并获第一届千叶龟雄奖。以此获奖为契机,8月就职于每日新闻大阪总部。在《SUNDAY每日》编辑部工作。10月,长女几世出生。

1937年（昭和十二年） 30岁

6月,成为学艺部直属职员。9月,应召为中日战争候补人员。《流转》被松竹公司拍成电影。被编入名古屋第三师团派往中国北部,11月,患上脚气病,被送进野战预备医院。

1938年（昭和十三年） 31岁

3月,因病提前退伍。4月,回到每日新闻大阪总部学艺部工作。负责宗教栏目。10月,次女加代出生,但不久就夭折了。

1939年（昭和十四年） 32岁
除宗教栏目外，开始同时负责美术栏目。专注于对佛典、佛教美术等相关内容的取材。

1940年（昭和十五年） 33岁
与安西东卫、竹中郁、小野十三郎、伊东静雄、杉山平一等诗人交往。9月，因职务调整，转至文化部工作。12月，长子修一出生。

1942年（昭和十七年）35岁
在出版社工作的同时，还在京都帝国大学研究生院进行研究活动。

1943年（昭和十八年） 36岁
1月，《大阪每日新闻》与《东京日日新闻》合并，成立《每日新闻》。4月，与浦上五六合著的《现代先觉者传》发行，所用笔名为浦井靖六。10月，次子卓也出生。

1945年（昭和二十年） 38岁
1月，成为每日新闻社参事。因为学艺栏被裁掉，4月，调动到社会部工作。岳父足立文太郎去世。5月，三女佳子出生。6月，家人被疏散到鸟取县。每天从大阪茨木出发去上班。8月15日，撰写终战文章《听完玉音广播之后》。12月，将家人托付给妻子娘家足立家照顾。

1946年（昭和二十一年） 39岁
1月，就任大阪总社文化部副部长。再次开始诗歌创作。

1947年（昭和二十二年） 40岁
以井上承也为笔名,参加《人间》第一届新人小说征集活动,9月,小说《斗牛》在当选作品空缺的情况下,入选优秀作品。4月,兼任大阪总社评论员。8月,家人迁居至汤岛。

1948年（昭和二十三年） 41岁
1月,完成小说《猎枪》的创作,参加了《人间》第二届新人小说征集活动,但没有入选。2月,协助竹中郁等人创刊诗歌童话杂志《麒麟》,负责挑选诗歌。4月,任东京总社出版局书籍部副部长,独自一人前往东京,暂居于葛饰区奥户新町妙法寺。

1949年（昭和二十四年） 42岁
10月、12月,接连在《文学界》上发表《猎枪》《斗牛》。

1950年（昭和二十五年） 43岁
2月,《斗牛》获第22届芥川文学奖。3月,就任东京总社出版局代理负责人,专注于创作。4月,在《新潮》上发表短篇小说《漆胡樽》。5月开始在《夕刊新大阪》上连载第一部报刊小说《那个人的名字无法说出》。7月,长篇小说《黯潮》开始在《文艺春秋》上连载。8月,《井上靖诗抄》发表于《日本未来派》。

1951年（昭和二十六年） 44岁
1月,开始在《新潮》上连载长篇小说《白牙》(至5月)。5月,从每日新闻社辞职,成为社友。专心从事文学创作。8月,开始在《SUNDAY每日》上连载《战国无赖》,在《文艺春秋》上发表《玉碗记》。10月,在《新潮》上发表《某伪作家的一生》。

1952年（昭和二十七年） 45岁

1月，开始在《妇人画报》上连载《青衣人》（至同年12月）。7月，开始在《新潮》上连载《黑暗平原》。

1953年（昭和二十八年） 46岁

1月，开始在《ALL读物》上连载《罗汉柏物语》。5月，开始在《周刊朝日》上连载《昨天和明天之间》。7月，在《群像》上发表《异域之人》。10月，开始在《小说新潮》上连载《风林火山》。12月，在《别册文艺春秋》上发表《古道尔先生的手套》。

1954年（昭和二十九年） 47岁

3月，开始在《朝日新闻》上连载《明日将至之人》，在《群像》上发表《信松尼记》，在《中央公论》上发表《僧行贺之泪》。

1955年（昭和三十年） 48岁

1月，在《文艺春秋》上发表《弃媪》。从昭和二十九年度下半期（第32届）开始担任芥川奖的选考委员。8月，开始在《别册文艺春秋》上连载《淀殿日记》（后改名为《淀君日记》），开始在《小说新潮》上连载《真田军记》。9月，开始在《每日新闻》上连载《涨潮》。10月，由新潮社出版新著长篇小说《黑蝶》。

1956年（昭和三十一年） 49岁

1月，开始在《新潮》上连载长篇小说《射程》。11月，开始在《朝日新闻》上连载《冰壁》。

1957年（昭和三十二年） 50岁

3月，开始在《中央公论》上连载《天平之甍》。10月，开始在《周刊读卖》上连载《海峡》。正在连载的《冰壁》引起了社会热议,成为畅销书。10月末,开始了首次中国之旅,为期近一个月时间。

1958年（昭和三十三年） 51岁
2月,凭借《天平之甍》获艺术选奖文部大臣奖。3月,在《中央公论》上发表《满月》。5月,在《世界》上发表《幽鬼》。7月,在《文艺春秋》上发表《楼兰》。10月,在《群像》上发表《平蜘蛛釜》。

1959年（昭和三十四年） 52岁
1月,开始在《群像》上连载《敦煌》。2月,凭借《冰壁》等作品获日本艺术院奖。5月,父亲井上隼雄去世。7月,在《声》上发表《洪水》。10月,开始在《文艺春秋》上连载《苍狼》,在《朝日新闻》上连载《漩涡》。

1960年（昭和三十五年） 53岁
1月,开始在《主妇之友》上连载《雪虫》。7月,受每日新闻社派遣前往罗马奥运会采风,周游欧美各国,11月末回国。《敦煌》《楼兰》获每日艺术大奖。

1961年（昭和三十六年） 54岁
1月,与大冈升平就《苍狼》产生论争。在《东京新闻》晚报等连载《悬崖》。6月末开始进行为期约半个月的访华。10月开始在《周刊朝日》上连载《忧愁平野》。12月,《淀君日记》获野间文艺奖。

1962年（昭和三十七年） 55岁
7月,开始在《每日新闻》上连载《城砦》。

1963年（昭和三十八年） 56岁
2月，开始在《妇人公论》上连载《杨贵妃传》，在《ALL读物》上发表《明妃曲》。4月，为创作《风涛》，前往韩国进行为期约一周的采风。6月，在《文艺》上发表《宦者中行说》。8月，开始在《群像》上连载《风涛》。9月末开始，进行为期约一个月的访华。

1964年（昭和三十九年） 57岁
1月，成为日本艺术院会员。2月，《风涛》获读卖文学奖。5月，为创作《海神》，前往美国进行为期约两个月的旅行采风。9月，开始在《产经新闻》上连载《夏草冬涛》。10月，开始在《展望》上连载《后白河院》。

1965年（昭和四十年） 58岁
5月，在苏联境内的中亚地区进行了为期约一个月的旅行。11月，开始在《朝日新闻》上连载《化石》。

1966年（昭和四十一年） 59岁
1月，分别开始在《文艺春秋》上连载《俄罗斯国醉梦谭》，在《世界》上连载《海神（第一部）》，在《太阳》上连载《西域之旅》。

1967年（昭和四十二年） 60岁
6月，开始在《每日新闻》晚报上连载《夜之声》。夏，受夏威夷大学邀请担任夏季研究班讲师，前往夏威夷旅行。诗集《运河》刊行。

1968年（昭和四十三年） 61岁
1月，开始在《SUNDAY每日》上连载《额田女王》。5月，前往苏联进行为期约一个半月的旅行,为《俄罗斯国醉梦谭》采风。10月,《西域物语》开始在《朝日新闻》周日版连载。12月,《北之海》开始在《东京新闻》等刊物连载。

1969年（昭和四十四年） 62岁
1月,分别开始在《世界》上连载《海神(第二部)》,在《太阳》上连载《西域纪行》。4月,就任日本文艺家协会理事长。《俄罗斯国醉梦谭》获新潮日本文学大奖。7月,在《海》上发表《圣者》。8月,在《群像》上发表《月之光》。

1970年（昭和四十五年） 63岁
1月,开始在《日本经济新闻》上连载《榉木》。9月,开始在《读卖新闻》上连载《方形船》。

1971年（昭和四十六年） 64岁
1月,开始在《文艺春秋》上连载美术游记《与美丽邂逅》。3月,前往美国进行约两周的旅行,为《海神》采风。5月,开始在《朝日新闻》上连载《星与祭》。诗集《季节》刊行。

1972年（昭和四十七年） 65岁
9月,开始在《每日新闻》晚报上连载《年幼时光》。由每日新闻社主办的"井上靖文学展"举行。10月,开始在《世界》上连载《海神(第三部)》。新潮社版《井上靖小说全集》(共32卷)开始出版发行。

1973年（昭和四十八年） 66岁
5月,前往阿富汗、伊朗等地进行为期约一个月的旅行。11月,母亲八重去世。沼津骏河平开设井上文学馆。

1974年（昭和四十九年） 67岁
1月,开始在《文艺春秋》上连载游记《亚历山大之道》。开始在《每日新闻》周日版上连载随笔《一期一会》。9月末开始为期约两周的访华。

1975年（昭和五十年） 68岁
5月,作为访华作家代表团团长,在中国进行了为期约20天的旅行。

1976年（昭和五十一年） 69岁
2月,前往欧洲进行为期约一周的旅行。6月,前往韩国进行为期约10天旅行。11月,获文化勋章。进行为期约两周的访华。诗集《远征路》刊行。

1977年（昭和五十二年） 70岁
3月,用约10天的时间历访埃及、伊拉克等地。8月,进行为期约20天的访华,前往新疆维吾尔自治区。11月,开始在《每日新闻》上连载《流沙》。

1978年（昭和五十三年） 71岁
1月,开始在《文艺春秋》上连载《我的西域纪行》。5月至6月间访华,首次到访敦煌。

1979年（昭和五十四年） 72岁
3月,每日新闻社主办的"敦煌——壁画艺术与井上靖的诗情展"在大丸东京店等地举行。从夏到秋,跟随电影《天平之甍》摄影组、NHK丝绸之路采访组等多次前往中国、西域等地旅行。

1980年（昭和五十五年） 73岁
3月,和平山郁夫一起参观印度尼西亚婆罗浮屠遗址。4月末开始,和NHK丝绸之路采访组一起行走于西域各地。6月,任日中文化交流协会会长。8月,访华。10月,和NHK丝绸之路采访组一起获菊池宽奖。获佛教传道文化奖。

1981年（昭和五十六年） 74岁
1月,开始在《群像》上连载《本觉坊遗文》。4月,开始在《太阳》上连载随笔《站在河岸边》。5月,任日本笔会会长。9月末,在夫人的陪伴下前往中国旅行,为创作《孔子》采风。10月,就任日本近代文学馆名誉馆长。获放送文化奖。

1982年（昭和五十七年） 75岁
5月,《本觉坊遗文》获新潮日本文学大奖。5月末、11月末、12月末到次年初,三次前往中国旅行。出席巴黎日法文化会议。

1983年（昭和五十八年） 76岁
6月(两次)和12月访华。

1984年（昭和五十九年） 77岁
1月至5月,由每日新闻社主办的展览"与美丽邂逅 井上靖 无法忘却的艺术家们"在横滨高岛屋等地举行。5月,作为运营委员长主持国际笔会东京大会。11月,访华。

1985年（昭和六十年） 78岁
1月，获朝日奖。6月，在夫人的陪伴下，和《俄罗斯国醉梦谭》摄影组一起访问苏联。10月，访华。

1986年（昭和六十一年） 79岁
4月，访华，被授予北京大学名誉博士称号。9月，因食道癌在国立癌症中心住院，接受手术治疗。

1987年（昭和六十二年） 80岁
5月，在夫人的陪伴下前往法国，并游历欧洲各地。6月，开始在《新潮》上连载最后的长篇小说《孔子》。10月，访华。

1988年（昭和六十三年） 81岁
5月，前往中国进行为期10天的旅行，访问孔子的家乡曲阜，为创作《孔子》采风。这是他第27次中国之行，也是最后一次。诗集《旁观者》刊行。

1989年（昭和六十四年·平成元年） 82岁
12月，《孔子》获野间文艺奖。

1991年（平成三年）
1月29日，在国立癌症中心去世。2月20日，在青山斋场举行葬礼，戒名：峰云院文华法德日靖居士。